CARMEN (NEVADA)

Éditions du Masque
17, rue Jacob - 75 006 Paris
www.lemasque.com

CARMEN (NEVADA)

Alan Watt

Traduit de l'anglais (États-Unis)
par Laetitia Devaux

Titre original :

DIAMOND DOGS

ISBN : 978-2-7024-3900-5

Conception graphique et couverture : WE-WE

Alan Watt est né en Écosse, à Aberdeen, en 1965 et a passé sa jeunesse au Canada. Il vit à présent à Los Angeles et donne des cours d'écriture à l'université de UCLA. *Carmen (Nevada)* est son premier roman.

À ma mère et à mon père.

Il n'existe pas de plus grande illusion que la peur.

TAO TE CHING

Dimanche soir

1

J'étais énervé. On était tous chez Fred Billings. Il habitait dans la banlieue de Carmen une ferme où son père élevait des poulets. Partout chez lui, ça puait le poulet. Le père les laissait en liberté dans une sorte d'enclos grillagé. C'est un truc qui me plaisait bien, ça : le type aurait pu gagner beaucoup plus en mettant ces poulets dans des cages et en les nourrissant avec des saloperies de stéroïdes, mais non, il préférait faire comme ça.

M. Billings était allé avec sa femme à Las Vegas voir Dorothy Hamill dans *Enter the Night*, alors Fred avait organisé une fête. Invitant presque uniquement l'équipe de football. Ils étaient tous en bas à se bourrer la gueule ou dehors, assis près du feu. Au final, on atterrissait toujours chez Fred : ce n'était pas le plus pratique, ce n'était pas forcément génial mais ses parents nous foutaient la paix, du coup c'est là qu'on se retrouvait.

Fred jouait au centre. Il était grand et fort, son front faisait une espèce de corniche de chair et il aurait toujours les dents du bas proéminentes. Je n'y connais rien en génétique mais à voir ses parents, Fred allait mal vieillir. C'était dur à croire, pourtant il était déjà au summum de sa beauté.

Il sortait avec Amy, une nana pas très grande, mince avec des gros seins : une petite fille dans un corps de femme. Elle était borgne. Quand elle avait six ans, son père s'était amusé à allumer des pétards dans une boîte à café, et ça avait explosé dans l'œil de sa fille. Les médecins lui avaient mis un œil de verre qui n'était pas exactement du même bleu. Il n'empêche, elle était quand même assez mignonne, et Fred était fou d'elle.

J'étais dans la chambre des parents de Fred avec ma copine, Lenore. Je lui avais retiré son chemisier et j'avais la bouche autour de l'un de ses gros mamelons marron. J'essayais de glisser les mains dans son short, mais elle n'arrêtait pas de les rattraper et de les remettre sur ses nichons. Cela durait depuis un petit moment, genre plus d'un an, c'est pour ça que je me suis énervé.

— Je ne peux pas, elle a dit.

J'avais mon jean autour des chevilles et la queue tendue vers Vénus. Elle l'a touchée une seconde, caressant sa base avec ses doigts longs et doux pendant que je retenais mon souffle. Puis elle a arrêté. J'ai réfléchi à toute allure, cherchant les mots qui la feraient continuer, mais la seule chose que j'ai trouvée, ça a été *Encore*.

— Je ne peux pas.

Je suis descendu du lit et j'ai commencé à remonter mon jean.

— Qu'est-ce qui ne va pas ?

— Je ne peux plus faire ça, j'ai dit.

— Faire quoi ?

— Ne pas faire l'amour, voilà.

Là, elle s'est mise à pleurer. Je ne savais jamais quoi faire quand elle pleurait, je restais planté là, fautif et très énervé. Elle n'arrêtait pas de répéter que ce n'était pas *par rapport à moi*, qu'elle n'aurait pas voulu avec un autre non plus. Je ne comprenais pas pourquoi elle parlait de ça, de ne pas faire l'amour avec un autre. Je *voulais* que ça soit par rapport à moi. J'avais la tête qui tournait alors je suis allé dans la salle de bains. Je me regardais dans la glace en me demandant si ça me ferait du bien de vomir quand j'ai entendu frapper à la porte.

— Qu'est-ce que tu veux ?

— Qu'est-ce qui se passe avec Lenore ?

C'était Reed, mon meilleur ami.

— Je ne sais pas.

— Elle pleure, mec. (Je voulais qu'il parte.) Qu'est-ce que tu fous là-dedans ?

J'ai ouvert la porte. Reed était saoul. Il avait une bière dans chaque main, et il m'en a tendu une. Il faisait sa tête aux yeux écarquillés.

— C'est notre année, mec. C'est la bonne. On va... putain, on va... on va y arriver, mec !

Il m'a serré contre lui. Comme j'avais encore un reste d'érection, j'ai pointé les fesses en arrière pour qu'il ne la sente pas. Il sanglotait presque. Il était toujours émotif quand il parlait de football. J'ai failli me mettre à pleurer moi aussi mais je ne pouvais pas, ce n'était pas quelque chose que mon père tolérait. Il le prenait *par rapport à lui*. À l'époque, je ne le comprenais pas mais maintenant, je sais. C'était trop pour lui, tout simplement.

Les parents de Reed venaient de Bakersfield, ils avaient débarqué à Carmen quand il avait huit ans. Il est arrivé à l'école en plein milieu de l'année, le regard dur et craintif. Il s'est assis au fond de la classe pendant que tout le monde l'observait bouche bée. Sauf moi. Je n'ai pas quitté le tableau des yeux, comme si ça m'intéressait, et à la récréation, je l'ai suivi jusqu'au bout du terrain de jeux.

— Salut.

— Salut.

— C'est où, ce machin, Bakersfield ?

— En Californie.

— Pourquoi t'es venu ici ?

— Mon père est mécanicien, il vient travailler pour son beau-frère.

Reed ne prononçait pas comme nous. Il parlait lentement et il ne cessait de promener ses yeux partout sur votre visage, comme s'il cherchait un endroit où se poser. Je sentais des coups sourds en moi mais j'avais peur, alors je lui ai demandé s'il voulait se battre. Il a répondu que si j'y tenais, il voulait bien, mais qu'il préférait qu'on fasse la course jusqu'à l'école. Alors on a fait la course. Je n'ai jamais pu le rattraper. J'ai lutté en me disant qu'il allait se fatiguer, mais non. Il m'a mis vingt mètres dans la vue. Entre deux halètements, il a dit :

— J'étais... le plus... rapide à... mon ancienne... école.

Pendant qu'on rentrait en classe, j'ai remarqué qu'on avait exactement le même pas. En général, on est soit un peu plus rapide que les autres, soit un peu moins, du coup, au bout d'un moment, on se retrouve à marcher dans deux rues différentes. Mais être à côté de Reed était naturel, comme une chose à laquelle je n'avais pas besoin de réfléchir.

On a vidé nos bières et on est descendus. Lenore était debout près de la porte de la cuisine en train de discuter avec Amy. Quand elle m'a vu, elle s'est retournée. Amy l'a prise par la main et l'a entraînée à l'intérieur de la cuisine. Ça me rendait dingue de savoir qu'on parlait de moi en cachette, surtout quand c'était une fille. Une fille peut donner l'impression à un type que tout ce qu'il fait est mal. Une fois, Paula Bell nous avait parlé d'un gars qui en pinçait pour elle. Un jour pendant qu'il riait, de la morve s'est échappée de son nez et a atterri sur la robe de Paula. C'était un accident mais elle avait une telle façon de raconter ça, elle rendait le type tellement pathétique, qu'après on l'appelait tous le Morveux.

Je ne me souviens même plus de son nom, je me souviens juste de ça, le Morveux. J'ai toujours eu envie d'aller lui présenter mes excuses, de lui expliquer que je ne le pensais pas vraiment, mais je ne l'ai jamais fait. Des fois, je me dis que si j'avais eu le cran de m'excuser, peut-être que rien de tout ça ne serait arrivé. Mais peut-être que c'était inévitable – peut-être que ce qui s'est passé n'a rien à voir avec le cran.

Il y avait beaucoup de bruit dans le salon. D.J. Farby était couché par terre, et Craig Nutt et Benny Jericho lui faisaient boire de la bière dans une botte en caoutchouc. Quand ils m'ont vu, ils ont tous crié mon nom :

— Garvin !

J'ai ouvert la bouche en grand et j'ai laissé la bière descendre jusqu'à mon ventre sans respirer. Si on reprend son souffle, c'est là qu'on peut se noyer. Allongé par terre, j'ai senti l'alcool m'envahir. L'arrière de ma tête est devenu tiède et, pendant quelques secondes, je n'ai plus été énervé. J'avais l'impression que mes yeux flottaient dans leurs orbites, qu'ils allaient se détacher. Je suis resté sur le dos à écouter le morceau de Nirvana qui passait.

— Espèces de malades ! a beuglé le Pingouin, notre demi-gauche, un type courtaud.

Il s'appelait Craig Nutt, mais comme il avait un long torse avec des bras et des jambes minuscules, on le surnommait le Pingouin.

Quand je me suis relevé, tout tournait autour de moi. Benny et le Pingouin m'ont stabilisé, et je crois que je leur ai dit que je les aimais. J'ai erré dans le salon en hurlant mes propres paroles sur Kurt Cobain :

I'm a screamer, you're a bleeder,
You're a squealer, I'm your dealer !

Rien n'avait d'importance. Tout le monde était saoul, la musique gueulait, on se sentait invincibles. Je suis passé devant la fenêtre du jardin et j'ai vu deux petits gars remonter l'allée en direction de la maison. L'un était blond, l'autre brun. Je ne me rappelle même pas comment j'en suis arrivé là, je me revois juste dehors en train de faire une clé au cou du blond pendant que l'autre, le brun, se tenait à l'écart avec les genoux qui s'entrechoquaient.

Le brun n'avait que la peau sur les os. Sur la balance, l'aiguille ne devait pas dépasser les quarante kilos. Je l'avais remarqué un jour à la cafétéria. Tous les sportifs s'asseyaient toujours ensemble, on riait fort et on se poussait. Le brun était avec ses copains, il avait le regard sombre et apeuré comme s'il craignait de rater quelque chose d'important.

Il y en avait toujours un qui cassait une assiette. À notre table, c'était une tradition. Le coupable prenait un air horrifié, et si c'était le Pingouin, il faisait mine de pleurer quand un prof accourait pour nous engueuler. Ils avaient inventé une règle, du genre le prochain qui laissera tomber une assiette sera collé pendant une semaine, mais ils ne l'ont jamais appliquée. Tout le monde applaudissait, tout le monde riait, et on était au centre de toute l'attention.

Un jour, le brun a fait tomber son assiette. Alors qu'il passait près de notre table, on a entendu un grand bruit. Tout le monde s'est mis à l'acclamer et à crier, sauf nous. Le brun souriait. Il l'avait fait exprès. Toute la cafétéria s'est tournée vers nous pour le signal mais quand ils ont vu qu'on n'applaudissait pas, ils se sont arrêtés presque immédiatement. La salle est devenue très calme. Le brun était là, tout seul, à ramasser les morceaux de son assiette tandis que sa joie cédait à la panique. Puis quelqu'un a hurlé :

— Il a mouillé son pantalon !

Ce n'était sans doute pas vrai, c'était sans doute son jus de pomme qui avait giclé, mais il y avait une tache très ressemblante le long de sa jambe. Alors tout le monde s'est mis à hurler : « PISSEUR, PISSEUR, PISSEUR, PISSEUR, PISSEUR ! » Il a remis les restes de son déjeuner sur son plateau et il a tout jeté à la poubelle. On a continué à crier longtemps après qu'il eut quitté la cafétéria, il était trop loin pour entendre, mais un truc pareil, on n'est jamais vraiment trop loin pour l'entendre.

Je tenais la tête du blond dans la poussière et je lui faisais dire : « Je veux ma maman. » Il devait le dire vingt fois pour que je le relâche, mais à dix-sept, je me suis mis à répéter le même chiffre.

— Ça fait vingt, il a dit.

Je lui ai demandé :

— Qui a la tête dans la poussière ?

— C'est moi, a-t-il répondu.

À cet instant, j'ai senti l'effet de la bière se dissiper. Je n'avais plus l'impression d'être saoul. Je me suis vu plaquer la tête de ce gamin par terre, et tout ce à quoi je pensais, c'est à mon père.

Ce soir-là, je lui avais demandé l'autorisation d'emprunter sa voiture. Il avait une Eldorado 1967 très bien entretenue. Elle était d'une couleur que je n'avais jamais vue dans le désert, une couleur que je ne parvenais pas à nommer. Elle était dans les tons rouille. Il a levé la tête vers moi depuis son fauteuil, a fait tourner les glaçons dans son verre et m'a demandé :

— Et qu'est-ce que tu me fais en échange ?

Il avait le regard trouble ainsi que son demi-sourire, celui avec les lèvres incurvées vers le haut.

— Qu'est-ce que tu veux dire ?

— Ce que je veux dire (il regardait fixement la télévision), c'est qu'est-ce que tu me fais en échange ?

— Qu'est-ce que tu veux ?

Il y avait une pub pour des somnifères à la télévision, celle où le comprimé chante comment il va vous assommer et comment, ensuite, vous allez vous réveiller en pleine forme.

— Je veux que tu chantes.

J'ai baissé les yeux. Je ne me sentais pas d'humeur à chanter. J'avais juste envie de quitter la maison.

— Je croyais que tu parlais d'une corvée, d'un truc comme ça.

— Non, je veux que tu chantes cette publicité.

J'ai senti ma bouche se dessécher. J'ai voulu dire que je ne connaissais pas les paroles, mais je n'ai sorti que de l'air. J'ai juste réussi à prononcer :

— ... paroles.

— Hein ?

— Je ne connais pas les paroles.

Il a hurlé de rire.

— Inventes-en.

J'ai chanté pendant une minute. Il regardait la télévision, un doigt sur le bouton qui interrompt le son. Il ne riait pas. Il n'émettait pas le moindre bruit. Je me suis arrêté une seconde, mais il a dit :

— Ça ne fait pas encore une minute.

Alors j'ai recommencé à chanter. J'ai chanté une minute entière en inventant les paroles, en le détestant, en me détestant, mais en chantant quand même parce que je savais qu'il me donnerait les clés de sa voiture.

J'avais échangé ma place avec le Pingouin. Il tenait le blond par les chevilles et le faisait tourner dans le jardin des Billings pendant que je remontais le pantalon du brun pour lui infliger ce qu'on appelait un moule-cul : on rentrait tellement le pantalon dans la raie des fesses que ça les faisait ressortir. Le brun me suppliait de le lâcher. Presque toutes les filles ont eu un air réprobateur et sont rentrées, mais quelques-unes regardaient en discutant avec les mecs. Le brun pleurnichait en me demandant d'arrêter, mais je ne pouvais pas. Plus il pleurnichait, plus j'avais envie de continuer. C'est seulement quand le Pingouin en a eu marre de faire tourner le blond par les chevilles que j'ai su que j'allais devoir arrêter, et j'ai été envahi par le désespoir.

Je me souviens des deux gamins qui dévalaient l'allée de Fred, leurs jambes maigres volant au-dessus du gravier, le brun essayant de baisser son caleçon remonté jusqu'au milieu du dos tandis que le blond lui criait : « Cours ! » J'ai lancé une bouteille de bière dans leur direction uniquement pour l'entendre se briser. Je voulais noyer le bruit du rire de mon père qui me tendait les clés et me disait de me tirer.

Je me souviens d'avoir essayé de pousser Ernie Gates dans le feu de joie. Tout le monde riait mais pas moi. Je le serrais entre mes bras et je l'entraînais vers les flammes. Il m'a planté un coude dans les côtes. C'est le genre de coup dont je savais qu'il me ferait très mal le lendemain, mais ce soir-là, je ne sentais rien. Je tourbillonnais, j'étais incontrôlable. Comme disait Reed, c'était notre année, j'étais le quarterback vedette du lycée de Carmen, j'avais le meilleur lancer du Nevada, et on allait gagner.

Je me souviens d'avoir donné un coup de poing dans la figure d'Ernie, qui s'est mis à saigner du nez.

Je me souviens d'avoir dit à Fred de se mêler de ses affaires et d'aller baiser son Cyclope.

Je me souviens qu'ils m'ont plaqué par terre et m'ont dit de me calmer.

Je me souviens que Reed leur a crié de ne pas me blesser au bras.

Je me souviens que j'ai vomi et que Reed me frottait le dos en disant :

— Cool, reste cool, gars. Tout va bien.

Je me souviens de leur avoir dit à tous d'aller se faire foutre.

— Laissez-moi seul, foutez-moi la paix, je veux être seul !

Mais ce n'était pas vrai. Je ne voulais pas être seul.

J'avais trois ans quand elle est partie. Elle a jeté quelques affaires dans un sac, elle a filé, et il n'est plus resté qu'une photo. Elle avait les cheveux noirs, les yeux émeraude, de longues jambes musclées et un sourire éclatant. Elle faisait le spectacle de minuit au Sands. C'est là que mon père l'a rencontrée. Il n'a pas mis longtemps à l'emballer, ça j'en suis sûr. Mais c'était il y a longtemps.

Sur la photo, ma mère sourit. Elle me tient sous les bras. Mon père a le bras autour de ses épaules et un sourire idiot sur le visage. Ce cliché n'avait aucun sens pour moi. Mon père n'était pas cet homme, je n'étais pas ce petit garçon, et cette femme n'aurait jamais abandonné son fils. Je regardais la photo en posant le pouce sur la silhouette de mon père et j'attendais que ma mère vienne voler à mon secours. Je savais pourquoi elle était partie. Ce que je ne comprenais pas, c'est pourquoi elle ne m'avait pas emmené. Je ne comprenais pas comment elle avait pu me laisser avec lui.

Dans le seul souvenir que j'avais d'elle, elle tenait un collant. On était tous les deux dans la buanderie, je la regardais plier son collant, elle avait les yeux fixés sur moi mais son visage était flou. J'avais beau fouiller dans ma mémoire, je ne voyais jamais son visage. Je me souviens aussi de son parfum. Je me souviens du jour où Lenore l'a porté au lycée. Je lui ai dit qu'elle ne devait pas mettre ça, que ça sentait mauvais et que ça n'allait pas avec sa peau. Voilà ce que je lui ai dit. Et je l'ai évitée pendant le reste de la journée. Après l'entraînement, elle m'attendait devant le vestiaire, alors je suis sorti par la fenêtre et je suis rentré en stop.

Pour mes cinq ans, ma mère m'a envoyé une carte et un calendrier avec des chevaux que je n'ai jamais sorti de la cellophane. Je me souviens que ça énervait mon père que je ne l'ouvre pas. Je ne voulais pas le salir pour le lui montrer quand elle reviendrait, lui montrer que j'étais un bon petit garçon qui ne salissait pas ses affaires. C'est la seule chose qu'elle m'ait jamais envoyée.

L'année d'après, mon père m'a offert un ballon de football. Lorsqu'il jouait au football avec moi, c'était quelqu'un d'autre, il était gentil et patient. Il ne se mettait jamais en colère si je faisais tomber le ballon, il se contentait de lâcher un petit rire et on recommençait. On se lançait le ballon pendant des heures, puis il posait la main sur mon épaule et on rentrait à la maison. Il avait des mains immenses comme des pattes d'ours avec des gros doigts musclés. S'il me donnait une pichenette sur la tête, j'avais mal pendant des jours. Les mains de mon père me terrorisaient. J'ai les mains de ma mère : elles sont étroites avec des doigts fins et osseux.

Je me souviens d'avoir titubé jusque dans le champ derrière la maison de Fred. À ce moment-là, je savais déjà que j'avais un secret. J'ignorais lequel mais je savais qu'il était terrible et j'avais envie de fuir. Fuir le feu de joie et le bruit, fuir tous ceux qui avaient l'air heureux. Je savais que je n'étais pas comme eux et tout ce que je voulais, c'était me sentir à l'abri, savoir un instant seulement ce que c'était de ne pas avoir peur. Alors j'ai titubé dans le champ. Ma chemise était déchirée, j'avais des égratignures sur les mains, je commençais à avoir mal aux côtes et je ne pensais qu'à une chose : à combien j'avais envie que ma mère revienne et qu'elle m'emmène.

2

Ils ne voulaient pas que je rentre en voiture. J'étais au volant de l'Eldorado de mon père, vitres fermées et portières verrouillées. Reed me suppliait derrière la fenêtre tandis que j'agrippais le volant à l'endroit où il était tordu depuis le jour où mon père l'avait serré trop fort.

— Viens juste boire un café, insistait Fred derrière la vitre du passager.

Benny et le Pingouin étaient debout devant la voiture bras croisés, comme s'ils me mettaient au défi de leur passer sur le corps plutôt que me laisser conduire en état d'ébriété. Ils avaient l'air idiot comme ça, prêts à mourir pour éviter que j'écrase un inconnu. Je me suis mis à rire. Mme Aemes, notre prof d'anglais, nous citait toujours des exemples de « merveilleuse ironie », et cette scène lui en aurait donné une belle à raconter. J'ai actionné le levier de vitesse, enfoncé l'accélérateur et ils ont tous deux bondi hors de ma trajectoire. J'ai fait crisser le gravier dans l'allée du père de Fred, tourné d'un coup sec et disparu dans la nuit.

La route qui menait à Carmen était le plus génial tronçon de route sur terre. Pendant la journée, elle se résumait à des bas-côtés jonchés de débris de pneus. La température de l'asphalte était si élevée que souvent, les pneus fondaient et éclataient. Mais la nuit, elle devenait un obscur couloir interminable avec dans le rétroviseur les enseignes scintillantes de Las Vegas, cette oasis de lumière bâtie au milieu de nulle part, bâtie sur de l'espoir. Je m'en éloignais le plus vite possible tandis que l'air frais balayait mes cheveux et que Nirvana hurlait dans le lecteur CD de mon père.

J'adorais Nirvana. J'adorais ce groupe pour toutes les raisons qui faisaient que mon père le détestait. Il disait qu'on ne comprenait pas leurs paroles, que la seule chose dont était capable Kurt Cobain, c'était de hurler. Mon morceau préféré, c'était le bonus track à la fin de *Nevermind*. Il explosait au bout de dix minutes de silence avec un feed-back bourdonnant et une guitare qui crissait, et quand Cobain se mettait à chanter, on ne comprenait pas un mot de ce qu'il disait. Il hurlait et hurlait encore jusqu'à ce qu'il soit trop fatigué et laisse sa guitare hurler toute seule. Je voulais hurler comme lui, hurler comme Kurt Cobain mais moi, tout ce que je faisais, c'était des moule-cul aux autres.

Je jouais à me faire peur avec mes phares. Je les éteignais pour voir combien de temps je réussissais à rouler dans le noir. C'était comme si je flottais en liberté, comme si rien ne pouvait m'atteindre, comme si je n'existais pas. Avec le bruit, l'obscurité et l'air froid sur mon visage, je savais que je pouvais faire n'importe quoi. Tant que je n'avais pas à penser à là où j'allais. Tant que je n'avais pas à penser à mon père.

Je ne savais jamais comment il allait être. Parfois, il pouvait se comporter en vrai gentleman. Le dimanche, il allait toujours de bonne heure à l'église pour tenir la porte aux vieilles dames. Il restait planté là, tout pimpant, à faire du charme à ces vieilles peaux aux cheveux bleutés comme s'il voulait se faire élire maire de Nazareth. Il parlait toujours aux vieilles dames, il leur disait qu'elles étaient très jolies, et je pense qu'il était sincère. Il y avait deux personnes différentes en mon père et je ne savais jamais à quoi m'attendre.

Je roulais dans l'obscurité aussi longtemps que possible jusqu'à ce que la tension devienne insupportable et je rallumais les phares juste avant de quitter la route. Je redressais la trajectoire, je me replaçais sur la voie de droite et j'éteignais à nouveau. C'est dans une de ces périodes noires que j'ai entendu un bruit sourd et senti quelque chose rebondir sur le pare-chocs avant.

J'ai d'abord pensé que c'était un chien errant. Il y en a des centaines autour de Carmen. Les voyageurs les jettent de leur voiture et les abandonnent à leur triste sort dans le désert. Parfois, ils copulent avec des loups. Et misérables, couverts de plaies, ils rôdent à la recherche de nourriture.

J'ai rallumé les codes et écrasé le frein. Puis j'ai fait demi-tour et mis les phares pour voir ce que j'avais touché. Il m'a fallu deux minutes pour le trouver. Je scrutais le bord de la route quand je l'ai vu par terre, à côté d'un cactus, immobile, comme s'il était là depuis toujours. J'ai vu ses cheveux bruns et je l'ai tout de suite reconnu. Et j'ai su qu'il était mort.

Mon père était un mur de brique, un géant au visage de granit, il était aussi beau qu'un personnage de dessin animé jusqu'à ce qu'on s'approche de ses yeux et qu'on y voie la tension. Ils étaient d'un bleu acier et ils regardaient au loin, comme s'il était amusé par quelque chose que personne d'autre que lui ne pouvait voir, comme s'il était au beau milieu d'une blague à la fin tragique.

Il allait et venait tranquillement dans la maison, faisant ce qu'il avait à faire. Aller chercher une tasse de café, jeter un coup d'œil au courrier, nettoyer son arme. Puis je l'entendais dévisser le bouchon de la bouteille, et je savais qu'il était temps de monter dans ma chambre en fermant la porte derrière moi. J'attendais assis sur mon lit. Et en général, il ne se passait rien.

J'ai regardé si une voiture arrivait. J'aurais pu prétendre que je cherchais de l'aide, peut-être que c'était en partie le cas, mais j'en doute. Je me sentais soulagé d'être seul. J'ai bondi de la voiture et je me suis approché de lui. Je ne sais pas pourquoi, mais je me suis mis à lui parler. J'ai dit d'une voix tremblante :

— Hé, hé, tu m'entends ?

Il était couché sur le côté dans une position étrange ; l'une de ses jambes était passée par-dessus sa tête. Je n'avais pas envie de le toucher, pourtant j'ai posé une main sur son épaule.

— Hé, réveille-toi.

Je lui ai dit de se réveiller.

J'ai pris son poignet et j'ai cherché son pouls et pourtant je savais très bien qu'il était mort. J'ai remarqué que son caleçon n'était plus au milieu de son dos. Je me sentais très faible. J'avais envie de lui dire que j'étais désolé. J'avais envie de lui expliquer que je n'avais pas voulu faire ça, que je ne voulais rien de tout ça. Pendant une seconde, j'ai même pensé lui remettre la jambe en position normale. Je savais que ça ne changerait rien, mais je voulais l'arranger. Je ne supportais pas de le voir tordu comme ça en pensant que j'en étais responsable.

Tout était calme. Je n'entendais que le moteur de ma voiture. Le CD s'était arrêté et, l'espace d'un instant, je me suis senti apaisé. J'ai levé la tête vers le ciel et j'ai vu des milliers d'étoiles. Puis il s'est produit quelque chose que je ne peux pas vraiment expliquer. J'ai ressenti comme une vague. Je ne crois ni en Dieu ni dans les esprits et les trucs comme ça, mais j'ai eu l'impression qu'une sorte d'énergie passait au-dessus de ma tête, m'enveloppait puis disparaissait. Et je me suis retrouvé face à un cadavre. Et là, j'ai compris ce que j'avais fait.

Un camion arrivait de Carmen, il serait à ma hauteur dans deux minutes. Je me suis relevé en me traitant de tous les noms. Et en traitant ce gamin de tous les noms. Je me suis mis à l'engueuler :

— Espèce de crétin d'imbécile, qu'est-ce que tu foutais là ?

Je ne sais pas pourquoi j'étais furieux contre lui, mais je l'étais.

Le camion approchait. Il allait de Carmen à Las Vegas. Je me suis baissé, j'ai soulevé le gamin et je l'ai porté jusqu'à ma voiture. Je ne savais pas ce que j'allais faire, mais je savais que je ne pouvais pas le laisser dans le désert. J'ai posé son corps sur le pare-chocs arrière, j'ai sorti les clés du coffre de mon jean et je l'ai ouvert. J'ai déposé le cadavre dedans, j'ai rabattu le couvercle et j'ai fait semblant de pisser au bord de la route.

Une autre voiture arrivait maintenant en sens inverse. J'ai redémarré et appuyé sur l'accélérateur, faisant crisser les pneus, expédiant du gravier dans le désert.

J'ai commencé à frissonner. J'ai remonté ma vitre et j'ai mis le chauffage à fond. Je ne pouvais pas m'empêcher de claquer des dents. J'avais envie de m'arrêter pour réfléchir, mais la voiture se rapprochait derrière moi. C'est là que je me suis mis à prier. J'ignore pourquoi, je ne crois pas en Dieu, mais je ne savais pas quoi faire d'autre.

« Oh mon Dieu, s'il vous plaît mon Dieu, je veux juste rentrer chez moi… »

La maison de mon père se trouve au bout d'une allée interminable. Il l'a construite très loin pour ne pas être dérangé par le bruit des voitures sur la route. Je ne savais pas ce que je ferais s'il était encore debout. Des fois après le travail, il se saoule et il va se coucher avec Kimmy. Kimmy, c'est sa nana. Elle était strip-teaseuse à Las Vegas mais quand elle est venue vivre avec mon père, elle a trouvé un poste de secrétaire à la mairie de Carmen. Au début, ça nous arrivait de bavarder tous les deux. Elle me taquinait, elle disait qu'elle avait son mot à dire sur mes petites amies, c'était un peu comme avoir une grande sœur. Mais quand elle est venue habiter avec nous, elle n'a plus fait que fumer cigarette sur cigarette en regardant la télévision. C'était la seule façon de supporter mon père, expliquait-elle. Elle passait son temps dans la nouvelle pièce toujours en travaux qui jouxtait la salle à manger pendant que mon père écoutait Neil Diamond sur sa chaîne dans le salon.

Mon père écoutait Neil Diamond jour et nuit. Ce qui veut dire qu'exceptionnellement il mettait la radio, mais la radio est plutôt minable dans le comté de Clarke, même pour un adulte. Ils passent surtout de la daube genre « new country », et c'est insupportable. Je veux dire, la country au moins, c'est honnête. Des vieux types ridés qui chantent sur la femme qui les a quittés, qui sont fauchés et qui vivent dans leur camion. Mais dans la new country, ils ont exactement les mêmes problèmes, sauf qu'ils sont tous jeunes et beaux.

Bref, mon père avait tous les enregistrements qu'a jamais faits Neil Diamond. Il l'avait vu des centaines de fois en concert. De temps en temps, il m'y emmenait ou il emmenait une petite amie, mais ça lui arrivait aussi d'y aller seul. Il passait toutes ses soirées dans son fauteuil en cuir, le regard perdu, à balancer sur son genou un verre en cristal rempli de Midori et à écouter Neil. Par moments, ses lèvres articulaient les paroles en silence.

C'est ça que mon père buvait. Du Midori. Une liqueur de melon vert électrique, le genre de boisson que des naïades siroteraient autour de la piscine du Caesar's Palace. Mon père adorait ça. Parfois, il le mélangeait à de la tequila et préparait un pichet de margarita, mais en général, il se contentait d'y mettre des glaçons et de le boire avec une petite bouteille d'eau de Seltz. Son corps se détendait, il se laissait aller dans son fauteuil et il était calme. Certains soirs il s'endormait, d'autres il se mettait à tourner en rond, de plus en plus énervé, puis il se disputait avec Kimmy. Il lui tombait dessus parce qu'elle fumait trop, elle rétorquait que lui, il buvait, et le tour était joué, ça pouvait durer toute la nuit. Il était méchant avec elle mais il ne la battait jamais, il se contentait de lui attraper les poignets et de la bloquer jusqu'à ce qu'elle ne puisse rien faire d'autre que hurler.

Mon père avait un tempérament violent. Dès qu'il était là, quelque chose se cassait. Parfois, il se vantait auprès de moi de n'avoir jamais battu une femme : « Elles ont beau vous rendre complètement dingue, l'homme qui bat une femme n'est pas un homme. » Un jour qu'il était bourré, il a lancé le cendrier de Kimmy sur le miroir, qui a volé en éclats. Il m'a dit de tout nettoyer. Le lendemain, je l'ai aperçu, l'air perplexe, devant l'endroit où se trouvait encore le miroir la veille. Il est allé chercher un marteau dans le garage, il a arraché le clou du mur, bouché le trou avec du mastic, et n'a jamais demandé ce qui s'était passé avec cette glace.

Il me battait. Il me giflait. Il ne me frappait pas avec ses poings, mais il était capable de me gifler fort. Il avait un gros anneau de football en argent à la main droite, et quand le métal cognait contre mon crâne, ça faisait atrocement mal.

Je savais quand il allait se mettre en colère. Lorsqu'il était petit, il avait reçu au front, juste au-dessus de l'œil droit, une pierre qu'un gamin lui avait lancée. Il lui restait un petit bourrelet dur qui, quand il s'énervait, devenait rouge vif.

J'avais le pied au plancher et l'aiguille du compteur était au maximum, mais la voiture derrière moi me rattrapait. Et me faisait des appels de phares. Je n'avais pas envie de m'arrêter mais je n'avais pas le choix. Ça aurait paru encore plus bizarre si j'avais continué. J'ai freiné et je me suis garé sur le bas-côté. C'était Reed. Il s'est arrêté le long de ma voiture. J'ai pris une profonde inspiration et j'ai descendu ma vitre. Reed était déjà au milieu de sa phrase :

— ... te dire de t'arrêter !

— Quoi ?

— T'as laissé ton chapeau chez Fred...

Puis il s'est tu. Il me regardait fixement, les yeux écarquillés, l'air inquiet. Je me suis rendu compte que je tremblais. Je claquais des dents sans pouvoir me contrôler.

— T'as laissé ton chapeau chez Fred.

Il me l'a lancé par la vitre. Je l'ai attrapé et je l'ai mis sur ma tête. Tous les gars de l'équipe portaient des chapeaux jaunes où était écrit CARMEN FOOTBALL. Lenore avait cousu sur le mien mon numéro de chandail, le 37, en bleu roi à l'arrière. On mettait tous nos chapeaux à l'envers, je ne sais pas pourquoi. Quand on les retirait, ça nous faisait un drôle de bronzage, une trace toute blanche sur le front à cause du bandeau en cuir. Au début ça paraissait bizarre mais très vite, presque tous les gars du lycée ont eu une marque blanche sur le front et c'est devenu un symbole de réussite. Et avant longtemps, ceux qui n'avaient pas de bande blanche en travers du front se prenaient des moule-cul de partout.

Reed était donc venu me rapporter mon chapeau. Il me regardait d'un air inquiet.

— Ça a chié grave là-bas.

— Je sais.

Il se contentait de me fixer d'un air interrogateur.

— Écoute, faut que j'y aille. Faut que je rende sa caisse à mon vieux, j'ai dit.

De tous les gens que je connaissais, Reed était la personne qui savait le mieux écouter. Il écoutait même quand on ne parlait pas, ce qui pouvait devenir gênant, surtout quand on avait un secret. Il réussissait à vous faire avouer votre secret, apparemment sans s'en rendre compte. C'est le genre de gars qui donnait envie de se confier. Quand on lui racontait une histoire, son visage réagissait toujours au bon moment.

J'ai répété :

— Faut que j'y aille.

Je savais que je le blessais, mais je ne savais pas quoi dire d'autre.

Il a hoché la tête en marmonnant :

— OK.

Puis il a démarré. Je l'ai regardé s'éloigner. J'ai attendu qu'il tourne à gauche dans Imperial Road pour repartir.

J'ai coupé mes phares en remontant l'allée de mon père. J'apercevais la maison. Toutes les lumières étaient éteintes. J'ai mis la voiture dans le garage, j'ai coupé le moteur et j'ai écouté le silence en me demandant ce que j'allais faire.

3

Quand il allait à Las Vegas, mon père n'était plus le même. Il devenait tout à coup très excité. Il racontait des vieilles blagues qu'il avait entendues à l'émission *Evening at the Improv*. Un soir où l'on dînait avant d'aller voir Neil Diamond, il avait un artichaut au bout de sa fourchette. Il l'a observé pendant une seconde et il a dit :

— T'es chaud, Artie ! C'est normal, t'es un artichaut !

Sur la route de Vegas, il me donnait des coups de poing dans les côtes en me disant que je poussais comme du chiendent. J'étais plutôt grand, mais pas comme lui. J'étais maigre et long. Ulster, l'entraîneur, m'avait prescrit un régime spécial pour que je grossisse et ça commençait à marcher. J'avais mangé des tonnes de viande rouge au cours des six derniers mois, et mon père ne râlait presque pas. Il était plutôt radin, mais il avait encore plus envie que moi que je fasse du football. Il chantait mes louanges partout. La plupart des gens le prenaient sans doute pour un homme charmant qui aimait réellement son fils. Il dévoilait rarement l'autre aspect de sa personnalité, du moins en dehors de la maison. Du coup, je me posais des questions sur les autres. Je me demandais si tout le monde mentait.

Mon père se mettait toujours sur son trente et un pour Neil Diamond. Il passait une heure dans la salle de bains à se gominer les cheveux, à se raser, à s'asperger d'after-shave et à s'épiler les poils du nez. Pendant ce temps, je m'asseyais sur les toilettes et je le regardais. Il s'en foutait. Il se foutait de tout quand il se préparait pour Neil. Il se coupait les ongles des pieds et des mains. C'était un rituel, on aurait dit qu'il se préparait pour une cérémonie sacrée.

— Il écrit toutes ses chansons lui-même. (Mon père me rappelait tout le temps que Neil Diamond n'était pas seulement un grand chanteur, mais aussi un parolier.) Elvis n'a jamais écrit la moindre chanson. Il ne jouait même pas de sa guitare, putain, il s'en servait juste comme d'une béquille ! (Mon père détestait Elvis. Quand un morceau passait à la radio, il changeait de station en me précisant : « Il l'a pas écrit, tu sais. » Pour de mystérieuses raisons, il se sentait menacé par Elvis, bien que celui-ci soit mort dans les années soixante-dix.) Elvis a eu toutes les femmes, mais Neil a tout le talent.

Il répétait ça tout le temps.

Ces jours-là, mon père mettait sa plus belle chemise de cow-boy, la noire avec un liseré pourpre. Il avait aussi une cravate-lacet assortie. Il enfilait ses bottes de cow-boy, et quand il entrait dans le MGM Grand, tout le monde se retournait sur son passage, surtout les femmes. Il prenait un air décontracté. Parfois, il me faisait une remarque, quelque chose sans intérêt du genre :

— Qu'est-ce que tu penses de la décoration ?

Il n'en avait rien à foutre de ce que je pensais de la décoration. Je bredouillais quelque chose comme :

— Plutôt cool.

Mais il ne faisait pas attention, et on allait chercher nos billets pour Neil Diamond. Il les avait réservés. La bonne femme du guichet, Bernice, était une de ses amies.

— Salut, Chester. Salut, Neil.

Il s'appelait Chester. Et je m'appelais Neil. Je détestais mon prénom. Parfois, je me demandais comment ma mère m'aurait appelé, et si j'avais un autre nom.

— Comment ça va, chérie ? demandait mon père.

— Très bien, baby.

Bernice devait approcher de la cinquantaine. Elle avait les cheveux orange et elle se mettait tellement de laque et de maquillage qu'on aurait dit une statue de cire. Des fois, quand ils cherchent à s'arranger, les gens continuent sur leur lancée, oublient leur première intention et, pour finir, cessent de ressembler à des êtres humains.

Bernice n'arrêtait pas de se toucher les cheveux, surtout quand elle parlait à mon père. Elle faisait semblant de les arranger, mais ils ne bougeaient pas, alors elle se contentait d'émettre une sorte de gloussement et de battre des cils. Ils échangeaient des mots doux, puis elle nous tendait l'enveloppe contenant les billets. Il y avait nos noms dessus avec un petit message. Un jour, elle avait mis :

Deux billets pour Neil Diamond destinés aux deux plus beaux gars de tous les beaux gars des environs.

Affectueusement,

Berny

Mon père avait lu le mot à voix haute avec un sourire. Ils s'étaient un peu fréquentés des années plus tôt. Je ne sais pas pourquoi il avait couché avec elle, mais je l'avais compris à la manière dont ils se parlaient. Je lui ai posé la question un jour, et il m'a répondu : « Eh oui, il y a bien longtemps, je lui ai donné quelques coups de ce bon vieux salami. »

Bernice. Elle faisait partie de ces gens qui sont *toujours* de bonne humeur. Elle allait *toujours* « très bien, baby ! ». Quand on la voyait pour la première fois, on la trouvait vraiment sympa mais au bout d'un moment, on commençait à se demander ce qui n'allait pas chez elle. Elle n'était jamais ni triste, ni soucieuse, ni en colère. Juste heureuse. Tout le temps. Comme si elle cachait quelque chose et qu'elle avait peur qu'on découvre quoi. Les tendons de son cou saillaient quand elle souriait. Cela dit, tout le monde était comme ça à Vegas, ils avaient tous la même tête, un visage impassible et fermé, et ils s'accrochaient à leurs sales petits secrets. Las Vegas était une ville de têtes de joueurs de poker. C'était déprimant de voir un type de l'Ohio assis devant une machine à sous à deux heures du matin, une bière à la main, avec son épouse en larmes qui le suppliait de venir se coucher et d'arrêter de gaspiller leur argent. Un jour, j'ai vu un homme gifler sa femme, comme si elle était responsable du fait que le sept ne sortait jamais.

Mon père jouait quelques coups au black jack avant qu'on aille au concert. Moi, je n'avais pas le droit : il fallait être âgé de vingt et un ans. Je regardais mon père jouer, boire son Midori et bavarder avec le croupier. Il en connaissait plusieurs. Il discutait avec le type de la bêtise des touristes pendant que l'autre lui prenait son argent. Mon père ne sourcillait même pas quand le croupier lui prenait ses jetons de vingt-cinq dollars pour les remettre dans la case d'où ils étaient sortis à peine une minute plus tôt.

Il jouait quelques coups, puis il empochait ses jetons restants et on se rendait à l'Hollywood Theater. Et là, mon père entrait dans une sorte de transe. Je me gardais bien de parler, de toute façon il n'aurait pas entendu. Il avançait vers les portes de l'Hollywood Theater comme attiré par une force magnétique. Sa démarche changeait, il avait les hanches relâchées, les épaules détendues, la bouche entrouverte. Il tendait son billet au contrôle en regardant droit devant lui, comme s'il était incapable d'attendre plus longtemps pour voir la scène.

— Il a ajouté un choriste, disait-il tout bas.

Et on pouvait être sûr qu'il y avait un micro supplémentaire pour un troisième choriste.

Le plus bizarre, c'est que mon père n'était pas le seul. D'autres gars avaient eux aussi ce regard lointain. Ils venaient seuls ou avec leur copine, mais on ne pouvait pas les rater. Ils me rappelaient ces chiens errants du désert, seuls, désorientés, à moitié morts de chaud. Ou bien les chiens au bout d'une chaîne sur les pelouses brûlées des jardins, des chiens que la vie quittait peu à peu tandis que leur épais pelage absorbait le feu du soleil. Des chiens qui n'étaient pas faits pour vivre près d'un désert. C'est comme ça que je les voyais, ces hommes, avec leurs lèvres incurvées vers le bas et leurs grosses rides sur le front. Comme des chiens. Apeurés et déboussolés par la malchance de toute une vie, un collier étrangleur au cou, fermement tenus en laisse par des fils invisibles, les fantômes de leur passé. Mais dans cet endroit, ils se sentaient protégés. Dans cet endroit, Neil Diamond leur permettait d'échapper à eux-mêmes avec la promesse que tout irait bien. Quand je regardais ces hommes assis dans leurs fauteuils rembourrés, je voyais leur visage changer. Sa musique leur redonnait espoir. Leurs yeux s'éclairaient et, pendant ces brèves quatre-vingt-dix minutes, Neil Diamond leur rendait la liberté.

4

Il était tard. Il n'y avait pas une lumière. Quand mon père était debout, on le trouvait en général dans le salon, lampes éteintes, devant la télé, à zapper à la recherche de sketches.

— Comment il peut raconter un truc pareil ? s'exclamait-il en entendant un type expliquer que le premier soir où il avait couché avec une nana, il n'avait pas pu s'empêcher de péter.

Et de commenter :

— C'est pas possible !

Il ne se lassait jamais des sketches diffusés sur le câble. Des fois, le lendemain au petit déjeuner, il nous racontait une blague mais il ratait son effet. Il oubliait un détail important, et du coup l'histoire ne voulait plus rien dire. D'habitude, je faisais semblant de rire pour que ça ne soit pas trop gênant, mais pas toujours. S'il avait été dur avec moi la veille, je pouvais rester silencieux. Certains jours, il se lançait dans des explications, alors

Kimmy se contentait d'allumer une autre cigarette, de tirer quelques bouffées puis de dire :

— C'est bon, on a compris, c'est juste que c'est pas drôle quand c'est toi qui la racontes.

— Je la raconte comme le type à la télé.

Et elle répliquait :

— Non, quand il l'a racontée, lui, c'était drôle.

Mon père se tournait alors vers moi, et je faisais mine d'être fasciné par les céréales dans mon bol.

J'ai ouvert le coffre et je suis allé chercher la pelle que mon père rangeait dans un coin du garage. On avait un terrain d'une vingtaine d'hectares où mon père passait son temps à arracher les vieux piquets et à en planter des neufs. Il veillait à ce que le terrain soit impeccable ; c'est la maison qui était toujours en travaux. Trois ans plus tôt, il avait ajouté une pièce à l'arrière. Il avait démoli le mur extérieur, tout déblayé, puis mis une bâche en plastique parce qu'il partait en voyage avec une fille qu'il avait rencontrée au Luxor Hotel. Elle n'avait jamais vu Neil Diamond en concert, alors mon père s'est renseigné et ils sont allés passer trois jours à Cleveland. À son retour, il était tellement pris par sa nouvelle aventure qu'il n'était jamais là pour terminer les travaux, et ça faisait trois ans qu'on n'avait pas de mur à l'arrière de la maison, juste cette grande bâche en plastique transparent mal agrafé. Le matin, le soleil était éblouissant et il fallait plisser les yeux pour voir son petit déjeuner.

Au bout de quelque temps, le sable a commencé à entrer dans la maison par de petits accrocs dans la bâche, et mon père a dû la remplacer par une neuve. La nouvelle faisait un boucan incroyable. Quand il y avait un orage, on aurait dit qu'un avion de la base militaire traversait la maison.

J'ai posé la pelle dans le coffre près du brun, puis j'ai attrapé le couvercle et je l'ai refermé le plus doucement possible.

— T'étais où, bordel ?

J'ai regardé mon père dans les yeux. Il se tenait devant moi, un verre à la main.

— Chez Fred.

— Je sais où t'étais. (Il a regardé sa montre.) À quelle heure t'as dit que tu rentrais ?

— Minuit.

— Et quelle heure il est ?

— Une heure.

Le bourrelet au-dessus de son œil droit était rouge vif. Il se tenait à quelques centimètres de mon visage.

— T'as bu.

Ce n'était pas une question.

— J'ai pris deux bières.

Il m'a attrapé par la peau du cou et m'a plaqué la tête contre le coffre.

— Et tu conduis ma voiture ? Si tu penses que ça va se passer comme ça, alors t'as un petit pois à la place du cerveau !

Il m'avait bloqué le bras gauche dans le dos et me le tordait. C'est une prise qu'on lui avait enseignée à l'école de police. Je l'avais vu faire un jour où il s'était interposé entre deux clodos qui se battaient devant le cinéma en ville.

L'année du CM1, mon père était venu à l'école montrer aux élèves les différentes prises de police pour qu'ils puissent se défendre en cas d'agression. Je voyais bien qu'il était aussi excité que les enfants. Après la démonstration, il nous a emmenés sur le parking et nous a expliqué comment marchait sa radio de police. Je me souviens de ce jour avec une très grande netteté. Je me souviens combien les gosses admiraient mon père, combien ils auraient aimé que le leur soit comme lui. J'ai dû retenir mon sourire toute la journée. Imaginez, j'avais quelque chose qu'aucun de ces gosses n'avait, j'avais quelque chose que toute l'école m'enviait. Mon père était le shérif de Carmen.

— Et d'après toi, de quoi j'aurais l'air si mon gosse se faisait arrêter pour conduite en état d'ivresse ? (Sachant qu'aucune réponse ne le ferait relâcher son étreinte, je n'ai pas ouvert la bouche.) Je te parle !

— Je suis désolé.

— Désolé ? Rentre !

Il m'a tiré par le bras d'un coup sec et m'a poussé vers la maison.

Kimmy regardait la télévision. Elle ne s'est pas retournée quand on est entrés dans la salle à manger, elle est restée devant son écran. Son fauteuil nous tournait le dos et tout ce qu'on voyait, c'était son bras sur l'un des accoudoirs ainsi que le nuage de fumée. Un comique jouait sur une guitare en forme de femme nue et portait un casque de pompier qui crachait de l'eau. Entre chaque couplet, l'eau jaillissait du casque et éclaboussait le public. On avait l'impression que les spectateurs hurlaient de rire, mais dès que la caméra s'arrêtait sur eux, ils avaient plutôt l'air de s'ennuyer. Kimmy a changé de chaîne pour chercher un truc potable. Elle a trouvé un reportage sur l'assassinat de JFK. On y voyait Jackie Kennedy qui, stoïque, regardait le nouveau président prêter serment.

— T'as pas pensé à ça, hein ?

Mon père parlait du déshonneur qu'il aurait subi si j'avais été arrêté.

— Non, je crois que non.

— Tu crois que non ? Tu le *sais* ! Tu le *sais* ! (Il a englouti le reste de son Midori.) Tu t'imagines que t'es quelqu'un de particulier ?

— Non.

— Eh bien, tant mieux !

Pendant ce temps, Kimmy se contentait de regarder fixement la télévision. Je ne sais pas ce que j'attendais d'elle. Peut-être qu'elle prenne ma défense, peut-être qu'elle lui dise de se taire et de me laisser tranquille.

— Eh bien, tant mieux !

Il se répétait, ce qui signifiait qu'il était saoul. Il m'a giflé, et mon chapeau s'est envolé.

— Qu'est-ce qu'on fait de son chapeau dans une maison ? Tu veux devenir footballeur ?

— Ouais.

— Hein ?

— Oui.

— Parce que là, je suis sur le point de péter les plombs. C'est ce que tu veux ?

— Non.

— Quoi ? Qu'est-ce que je vais faire de toi, hein ? Je vais... Je me fais bien comprendre ?

Il a jeté un coup d'œil à Kimmy pour qu'elle lui apporte son soutien mais elle n'a rien dit, refusant de s'en mêler. Sa seule réaction a été une série de ronds de fumée qui s'élevaient paresseusement de son fauteuil avec un air de défi.

— Vous deux, il a bougonné. J'essaie de vous apprendre à être responsables. Responsables !

J'ai hoché la tête.

— Qu'est-ce que j'ai dit ?

— Que tu m'apprenais à être responsable.

— Ce n'est pas ce que...

— Que tu *essayais* de m'apprendre à être responsable.

— Ouais, c'est ça. Je parle chinois ?

— Non.

— Quelle langue est-ce que je...

— Anglais.

— Très bien. Alors on reprend au début. Va chercher une pomme sur la table et pose-la sur le comptoir.

— Pardon ?

— Tout de suite !

J'ai pris une pomme dans le compotier sur la table et je l'ai délicatement posée sur le comptoir.

— C'était difficile ?

— Non.

— Ça t'a fait mal ?

J'ai fait signe que non.

— Maintenant, on va essayer quelque chose d'un peu plus difficile. Va chercher les cigarettes de Kimmy et mets-les à la poubelle.

— Mais...

J'ai jeté un coup d'œil en direction de Kimmy, et je l'ai vue attraper ses cigarettes sur la petite table.

— Mais... mais..., a-t-il répété pour se moquer de moi.

Le téléphone a sonné dans la cuisine. On s'est tous les deux arrêtés et on a regardé l'appareil. Parfois, le bureau du shérif manquant d'hommes, mon père recevait des appels tard le soir.

Il a décroché. J'ai compris que c'était Quinlan, j'entendais sa voix aiguë. L'un des adjoints de mon père. Il avait presque trente ans mais il n'était flic que depuis quelques années. Et il avait beau être assez baraqué, il parlait comme un petit garçon, avec une voix fluette et haut perchée. Il fallait un moment pour s'y habituer. Mon père a gardé le silence, il s'est contenté d'écouter, immobile. Tout ce qu'il a dit, c'est : « Reçu », et il a raccroché.

Il s'est gratté la tempe en réfléchissant.

— Une bonne femme prétend que son fils a disparu sur la route... à quelques kilomètres d'ici.

Il a ouvert un paquet de chewing-gums, en a lancé deux dans sa bouche et les a mâchonnés une minute en regardant ses pieds. Il était ivre. Mon père pouvait paraître sobre même quand il avait avalé toute une caisse d'alcool. Il avait une très bonne descente. Il sirotait son verre, qui paraissait ridicule dans sa main de géant, jusqu'à ce que la bouteille soit vide. Pas une fois je ne l'ai entendu dire qu'il avait trop bu. Même quand il se réveillait par terre et qu'il devait enjamber des meubles cassés pour atteindre le café.

— Je veux te voir conduire.

— Tu veux...

— Je veux voir ce que tu traficotais dehors.

On est montés en voiture. Il a retiré mon CD de Nirvana de l'autoradio et l'a laissé tomber sur le plancher, puis il a mis le Neil Diamond de chez Bang de 1966, *The Feel of Neil*, et n'a plus dit un mot.

5

J'ai remonté l'allée et je me suis garé derrière une Lincoln Touring Sedan de couleur crème. La famille du brun vivait dans une enclave non loin de la route. On aurait dit que quelqu'un avait eu envie de construire un lotissement à cet endroit, bâti quatre maisons puis renoncé. Ils habitaient là depuis l'été mais il n'y avait toujours pas de pelouse dans leur jardin, juste du sable. Il n'y avait absolument rien devant leur maison.

Mme Curtis est venue la première à notre rencontre. Elle est sortie en courant vêtue d'un gilet et d'un pantalon en stretch. M. Curtis et leur fille Mary la suivaient. J'ai vu par la fenêtre du salon qu'ils regardaient le même documentaire que Kimmy.

— Vous êtes le shérif ?

Mme Curtis avait attrapé le bras de mon père.

— Tout va s'arranger, madame, calmez-vous.

— On vient d'arriver ici, a-t-elle dit. Mon fils a disparu.

— Quand l'avez-vous vu pour la dernière fois ?

— On a emménagé en août.

— Ne vous inquiétez pas.

Mon père avait l'art de calmer les gens. Il avait l'air si fort et si imposant à mâcher tranquillement son chewing-gum qu'on savait qu'avec lui à ses côtés, il n'y avait pas à s'inquiéter.

— Il est allé dîner chez un copain, Kevin Bottoms. On a téléphoné là-bas. Kevin était bien chez lui. Il nous a dit qu'il avait quitté Ian sur la route il y a plus d'une heure. On ne lui permet jamais de rester dehors aussi tard. D'habitude, il se couche à neuf heures.

— Laissez-moi prendre mon carnet, l'a interrompue mon père.

Il rangeait toujours son carnet dans un attaché-case, lequel se trouvait dans le coffre. Il s'est tourné vers moi.

— Va me chercher mon carnet, gars. Voici mon fils, Neil.

J'ai serré la main du père de Ian.

— Maman, il ne lui est rien arrivé, a dit Mary d'un air gêné.

Elle fronçait les sourcils. Je l'avais déjà vue au lycée. Elle venait assister aux entraînements de football avec deux autres filles.

Ils étaient tous debout devant la voiture. Les clés à la main, je me suis avancé vers le coffre. Je me sentais très mal. J'avais envie de vomir.

J'espérais que lorsque j'ouvrirais le coffre, il ne serait plus à l'intérieur.

J'ai introduit la clé dans la serrure, puis j'ai jeté un coup d'œil pour m'assurer que personne ne pouvait voir ce que j'allais voir. J'ai ouvert le coffre et j'ai observé le tas d'os brisés. Le corps s'était déplacé pendant le trajet et maintenant il me regardait, yeux fixes et bouche grande ouverte. Je me suis mis à chercher l'attaché-case de mon père. J'entendais Mme Curtis expliquer quel gentil garçon était Ian, qu'il rentrait toujours à l'heure pour aller au lit. M. Curtis ne disait pas un mot, il se contentait de rester aux côtés de sa femme, il la laissait parler. Mary n'arrêtait pas d'interrompre sa mère avec des « Maman, il ne lui est rien arrivé, tu t'inquiètes trop ».

— Tu as mon carnet, gars ?

Je ne trouvais pas l'attaché-case de mon père. Je fouillais partout derrière le cadavre de Ian, mais il n'y avait rien.

— Il n'est pas là.

Je savais ce qui allait se passer. J'ai repoussé le cadavre de Ian aussi loin que possible et j'ai refermé le coffre au moment où mon père approchait.

— Donne-moi les clés.

Il les a attrapées.

— Il n'y est pas.

Je me suis écarté de la voiture. Je n'avais rien d'autre à faire qu'aller rejoindre la famille. J'ai marché en direction de Mme Curtis. Elle me souriait. Je me suis immobilisé à côté d'eux et, l'espace d'une seconde, je me suis senti à l'abri, comme s'ils pouvaient me protéger. J'ai observé les yeux de Mme Curtis et j'ai vu combien elle avait peur, combien elle aimait son fils, et pendant une folle seconde, j'ai pensé que je pourrais peut-être prendre sa place.

La clé a crissé – un bruit sec et froid – dans la serrure. J'ai retenu mon souffle au moment où le coffre s'ouvrait et j'ai attendu que mon père me dénonce. Mme Curtis me paraissait à un milliard de kilomètres, comme si elle était sur une planète lointaine et que je regardais toute la scène depuis un satellite. Elle n'arrêtait pas de parler de son fils. Une partie de moi avait envie de hurler : « Il est mort ! Votre fils est mort, c'est un accident ! » mais je n'ai rien dit. J'ai gardé le silence et fait semblant de l'écouter alors qu'elle nous disait combien Ian était prudent à vélo. Je ne sais pas pourquoi elle parlait de ça. J'imagine qu'elle était fière de lui. Ou alors, elle convoquait ses souvenirs. Peut-être qu'une partie d'elle-même savait déjà qu'il ne faisait plus partie de ce monde, alors elle revivait à voix haute les moments heureux afin qu'on sache ce que ça faisait d'être innocent.

Puis j'ai entendu le coffre claquer. Mon père est revenu avec son carnet. Il a noté la description que Mme Curtis lui faisait de Ian : un mètre soixante, quarante-quatre kilos, cheveux bruns, une cicatrice sur le front datant du jour où il était tombé de vélo. On aurait dit qu'elle décrivait un cadavre. Comme si elle savait qu'il était mort.

Mon père ne me regardait pas, il se contentait de noter les renseignements. Pendant qu'il écrivait, j'ai remarqué que Mary m'observait. Elle n'arrêtait pas de sourire et de tourner la cheville comme si elle faisait un exercice d'assouplissement.

— Salut.

C'est tout ce qu'elle a dit. J'ai essayé de sourire mais je ne pouvais pas, alors je me suis contenté d'un vague signe de tête.

Mme Curtis voulait savoir ce que mon père allait faire. Il lui a dit qu'il ne pouvait ouvrir de dossier avant le lendemain matin et qu'avec un peu de chance, Ian aurait réapparu d'ici là. Elle s'est alors tournée vers son mari et elle a dit :

— Je devrais peut-être appeler Clive.

Mon père a cessé d'écrire et a relevé la tête.

M. Curtis a expliqué :

— Son frère Clive. Il travaille pour le FBI à Philadelphie.

Mon père a hoché la tête. Il déteste les agents du FBI. Pour lui, ce sont des comptables armés de pistolets.

— Je ne pense pas que ce soit nécessaire, a-t-il dit.

La dernière chose dont je me souvienne avant qu'on remonte en voiture pour rentrer à la maison, c'est du rire de Mme Curtis. Il était profond et sincère, ce qui paraissait étrange chez une personne qui avait si peur. Mon père avait parlé de la correction que Ian recevrait à son retour. Peut-être que Mme Curtis était simplement soulagée que quelqu'un croie que son fils allait réapparaître sain et sauf. Il a plaisanté sur le fait que les enfants ne se rendaient pas compte à quel point c'était dur d'être parent, mais ils verraient, ce serait bientôt leur tour. Les Curtis ont tous rigolé.

Au retour, c'est mon père qui a pris le volant, je me suis installé à côté de lui. Il n'a pas allumé l'autoradio ; on a roulé en silence. Il a sorti une flasque en argent de sa veste et a bu deux bonnes rasades.

On a rangé la voiture dans le garage. Je suis monté dans ma chambre, je me suis assis sur mon lit et j'ai attendu. J'ai attendu qu'il aille se coucher. J'ai attendu que les lumières du rez-de-chaussée s'éteignent et que le silence me signifie que la voie était libre. Toutes les deux minutes, j'allais voir au bout du couloir. Sa chambre était en bas, en face de la cuisine. Il n'aimait pas les escaliers à cause de son genou : il s'était abîmé le genou droit en jouant au football pour l'État de l'Oklahoma et il boitait légèrement, même s'il parvenait parfois à faire croire que c'était juste une façon de marcher. Mon père avait beau avoir plus de cinquante ans, il ne faisait pas son âge : on lui en donnait plutôt quarante. Il était toujours en pleine forme.

J'ai entendu des pas dans l'escalier, j'ai éteint la lumière et je me suis couché. Mon père a frappé à ma porte et avant que je lui dise d'entrer, il était là.

— Comment va l'équipe, cette année ?

— Bien.

J'avais la gorge sèche mais je ne voulais pas déglutir, je craignais qu'il se rende compte à quel point j'avais peur. Il avait les yeux dans l'ombre. Tout ce que je voyais, c'était sa tête à contre-jour dans la lumière du couloir.

Il est resté là quelques instants, puis il est parti en fermant la porte derrière lui. Couché sur mon lit, j'ai regardé le plafond en l'écoutant descendre l'escalier. Je revoyais la scène dans ma tête, je sentais le choc au moment où Ian rebondissait sur la voiture de mon père. Je me disais que si je la revoyais un nombre de fois suffisant, je pourrais peut-être me convaincre que ce n'était qu'un rêve. Au bout d'un moment, j'ai allumé la lampe de chevet et j'ai regardé la photo de ma mère.

6

Quand je regardais la photo de ma mère, j'avais l'impression de contempler une inconnue. Parfois, j'essayais de me souvenir de cet instant. De l'instant où l'obturateur s'était ouvert et avait pris en photo cette famille heureuse. Mais je n'y parvenais pas.

J'avais quelques souvenirs de cette époque. Je me souvenais de mon père qui me tendait un cornet de glace. Je me souvenais qu'il me hissait sur ses épaules alors que je regardais fixement le sol. Je me sentais à l'abri là-haut, à serrer son front entre mes mains. Je n'arrivais pas à croire que je m'étais un jour senti à l'abri avec mon père, pourtant tel était mon souvenir.

Quand je pensais à ma mère, c'était le trou noir. Mis à part la scène de la buanderie, je ne me souvenais de rien. Des fois, en classe, j'essayais de forcer ma mémoire. J'inventais des scènes, puis je me demandais si elles étaient vraies. Je m'imaginais marcher dans la rue en lui tenant la main, ou assis à côté d'elle en voiture – des situations qui avaient dû se produire – mais rien ne venait. J'essayais de l'imaginer en train de m'acheter des bonbons ou de m'emmener chez le coiffeur, en vain.

Parfois, en regardant la télévision, je la cherchais. Je me persuadais que j'allais peut-être la voir dans une publicité pour de la lessive ou des céréales. L'été, je la cherchais dans les feuilletons. Je me disais qu'elle était partie vivre à Los Angeles, qu'elle avait épousé un dentiste et qu'elle ne parlait sans doute jamais de la famille qu'elle avait laissée à Carmen. J'imaginais qu'elle avait plusieurs enfants et qu'elle habitait un manoir à Beverly Hills.

Elle avait dix-huit ans quand elle a épousé mon père, et lui le double. Elle est tombée enceinte, alors ils se sont mariés. Elle ne devait pas vraiment aimer vivre au milieu de nulle part. Elle avait dû quitter son boulot au Sands, tout ça parce que mon père l'avait engrossée.

Mon père ne me parlait jamais d'elle. Je savais qu'elle s'était enfuie de chez ses parents. C'est ce que Ronald Stokely, l'adjoint de mon père, m'avait dit un jour. Il ignorait les détails, mais elle avait une famille abominable, alors elle s'était enfuie. Elle était allée à Las Vegas, elle avait rencontré mon père, et voilà, j'avais pointé le bout de mon nez. J'imaginais la façon dont mon père avait dû la traiter, leurs disputes. Elle devait avoir envie de sortir s'amuser, mais, à cause de moi, elle ne pouvait pas. Elle était jeune, elle détestait la situation où elle s'était mise, alors elle est partie, tout simplement. Nous étions une famille abominable et elle a fui une deuxième fois. Je ressassais ça sans arrêt, imaginant ce qui s'était passé, ce qu'il avait dû faire pour qu'elle parte. Ça m'empêchait de dormir la nuit. De plus en plus agité, je retournais tout ça dans ma tête, j'essayais de résoudre ce mystère.

Sur mes bulletins scolaires, il y avait toujours la même remarque : « Neil n'écoute pas en classe. » C'était vrai. Je mobilisais toute mon énergie à essayer de comprendre *pourquoi*. J'avais besoin de savoir *pourquoi* elle était partie. J'avais besoin de savoir *pourquoi* elle ne m'avait pas emmené, et *pourquoi* on avait l'air si heureux sur cette photo. Je ne pourrais tout simplement pas me concentrer tant que je n'aurais pas répondu à ces incessants *pourquoi*.

Je regardais le réveil en me demandant à quelle heure mon père irait se coucher. Il avait un changeur de CD qui pouvait contenir jusqu'à cinq disques. Il a écouté ses albums de Neil Diamond l'un après l'autre : *Headed for the Future*, puis *Hot August Night, Beautiful Noise, The Jazz Singer*, et pour finir *Tap Root Manuscript*.

À six heures dix-huit, j'ai entendu la douche en bas.

Mon père aimait se lever tôt ; Kimmy ne se réveillait jamais avant huit heures et demie. Elle dormait le plus longtemps possible, puis elle se préparait à toute vitesse pour partir au travail. D'habitude, j'allais au lycée avec le ramassage scolaire, sauf pendant la saison de football. Pendant la saison, mon père me conduisait de bonne heure au lycée.

Quand j'ai entendu la douche, j'ai descendu l'escalier, je suis passé devant la chambre de mon père sur la pointe des pieds et je suis allé jusqu'au garage. J'ignorais ce que j'allais faire du cadavre, je savais juste qu'il fallait que je le sorte du coffre. Il fallait que je m'en débarrasse.

Mon cœur battait la chamade. J'étais terrorisé à l'idée que mon père ouvre la porte ou que quelqu'un d'autre arrive. Je ne voulais pas le voir. Ian. Il avait un nom, maintenant. Sa mère avait bien dû prononcer vingt fois ce nom. Je n'arrivais pas à me sortir sa mère du crâne, agrippée au bras de mon père, le suppliant de les aider.

Je me suis assis au volant et j'ai actionné la manette du coffre. J'avais peur de voir son cadavre, peur de le voir à la lumière du jour, peur que cela rende les choses encore plus réelles. J'ai contourné la voiture et j'ai regardé à l'intérieur du coffre.

Il était vide.

J'en ai eu le souffle coupé. Pendant un instant, je me suis senti soulagé. J'ai vérifié au fond du coffre. Rien. Le corps avait disparu. J'ai aspiré une bouffée d'air tiède du désert. Je ne savais pas pourquoi, peut-être parce que je le voulais tant, mais l'espace d'une seconde, j'ai cru que j'avais rêvé. Que tout ça était une sorte de rêve noyé dans l'alcool. Qu'il n'y avait *pas* de cadavre. Qu'il n'y avait *jamais* eu de cadavre. J'avais envie de rire. J'avais envie de hurler. Oui, j'avais perdu la tête, j'étais tout simplement devenu fou pendant quelques heures, et maintenant tout allait bien. J'avais envie de sauter sur place et d'embrasser des inconnus, mais c'était impossible. C'était impossible parce que je savais que ça n'était pas vrai.

Je suis sorti du garage en titubant, je me suis effondré sur le gravier et j'ai dégueulé. J'ai dégueulé jusqu'à ce que mon ventre soit vide. Je voulais vomir jusqu'à ce qu'il ne reste rien de moi, jusqu'à ce que tout mon mal-être ait disparu. J'étais à quatre pattes et je m'accrochais au gravier coupant quand j'ai entendu Neil Diamond. Je l'entendais chanter. Il chantait dans ma tête, et je ne pouvais pas le faire taire. La terre tournait, incontrôlable, j'étais incapable de bouger et tout ce que j'entendais, c'est Neil Diamond qui me hurlait sa chanson aux oreilles.

Le soleil se levait. Une nouvelle journée, idéale et brûlante, commençait dans le désert. Le ciel serait d'un bleu profond et sans nuages, il y aurait un petit vent doux et tiède, et tout serait exactement comme la veille. Les gens se réveillaient, s'habillaient, faisaient leur toilette, mangeaient leurs œufs et lisaient leur journal. Et mon père était sous la douche, en train de se laver.

Lundi

7

Je suis remonté au premier étage et je suis allé dans ma salle de bains. J'ai entendu mon père arrêter l'eau. Je n'arrivais pas à croire qu'il n'était sous la douche que depuis quelques minutes. J'avais l'impression que plusieurs années s'étaient écoulées.

J'ai pris une douche et je me suis habillé puis je suis descendu. Mon père était à table, il mangeait des corn-flakes. Il n'a rien dit, il s'est contenté de pousser le lait vers moi quand j'ai rempli mon bol de céréales. Je l'ai scruté mais il avait les yeux baissés sur son bol et enfournait les céréales dans sa bouche. J'ai essayé de voir s'il avait l'air fatigué, mais avec lui, c'était impossible à dire, il était tellement beau qu'il n'avait jamais l'air fatigué, même après une nuit entière de beuverie.

Il m'a emmené au lycée. J'avais entraînement de football à sept heures et demie. Il a mis l'album de Neil Diamond de 1967, *Just for You*, et a chantonné dessus.

Mon père avait une belle voix. Même lorsqu'il ne faisait que chantonner, elle était sonore, profonde et toujours juste. Lorsque j'étais gosse et qu'il chantait à l'église, je me souviens que ça me gênait qu'il chante si fort. Je pense que s'il n'était pas devenu flic, il aurait été chanteur de bastringue. Il avait le talent nécessaire pour ça. D'après moi, mon père allait à l'église pour réaliser son fantasme d'être Neil Diamond. Quand il chantait, j'entendais un peu Neil en lui, comme si mon père lui faisait un clin d'œil et lui disait : « Je sais que ces gens croient que je suis ici pour louer Jésus, mais on sait tous les deux qui est le vrai roi des Juifs. »

Stokely m'avait raconté que mon père s'était pris un sale coup de déprime le jour où il avait appris que Neil Diamond était juif. C'était au début des années quatre-vingt. Ils étaient allés le voir dans le film *Le chanteur de jazz*, et mon père était ressorti en état de stupeur. C'était compréhensible. Neil Diamond a tout de même fait un album de Noël ! Il n'empêche que mon père n'a pas mangé pendant une semaine, il était distrait, soucieux, et puis un jour, il est arrivé au bureau avec une étoile de David autour du cou. À partir de là, il n'a plus toléré que personne dise quoi que ce soit de désobligeant sur la foi juive. Il a même pensé se convertir. Un dimanche après-midi, il est allé voir un rabbin à Las Vegas. Quand il est revenu, il avait l'air ébranlé. Le rabbin lui avait énuméré tout ce qu'il y avait à faire pour devenir juif. Mon père a déclaré que c'était du cinéma, alors on est restés protestants. Quand on est protestant, il suffit de le montrer. Et encore, même ça, on n'est pas obligé.

Je regardais par la vitre de la voiture. On ne parlait pas. Je ne savais pas quoi dire. J'avais la gueule de bois, je n'avais pas dormi, pourtant je ne m'étais jamais senti plus éveillé de ma vie. Je sentais mon pouls pulser dans mon cou.

On est passés devant l'endroit où j'avais tué Ian. J'ai vu les traces de pneus où j'avais freiné après l'avoir percuté, ainsi que les profonds sillons dans le gravier là où j'avais redémarré. Je ne sais pas pourquoi mais pour de mystérieuses raisons, j'ai rejoué la scène dans ma tête. J'ignore si c'était pour me torturer ou dans l'espoir que ça finisse autrement. Je me suis représenté son visage. Terrifié, il courait en me regardant et en essayant de sortir de ma trajectoire. Je braquais à droite et, d'instinct, j'appuyais sur le frein. Puis je me suis souvenu de l'endroit où j'étais. Mon père conduisait, la tête haute, sans dire un mot.

On traversait le centre de Carmen. Ma ville natale. Morne et marron, elle se fondait dans le désert. Le sable s'immisçait partout, rien n'y restait propre très longtemps. Si on peignait ses volets en blanc, ils devenaient marron en moins d'une semaine. Même les gens avaient l'air marron, tellement ils étaient fatigués et usés. Il y avait des machines à sous partout, dans les épiceries, les stations-service et les supermarchés, mais personne n'y gagnait jamais. Voir ces vieilles dames avec leurs chariots remplis de nourriture pour chat glisser des pièces de vingt-cinq cents dans les machines à sous me donnait presque envie de m'arracher les yeux.

Mon père a tourné à gauche, la direction opposée au lycée, puis s'est arrêté à la station-service Chevron. J'ai vu que son réservoir était plein aux trois quarts. J'avais envie de lui demander pourquoi il allait à la station. J'avais envie de lui demander ce qu'il avait fait du cadavre de Ian Curtis. J'avais envie de lui demander ce qu'il y avait derrière son regard lointain.

Alors qu'il se dirigeait vers le panneau lavage de voitures, j'ai compris ce qu'il faisait. Il effaçait les preuves. Il a tendu six dollars à l'employé. Je m'attendais à ce qu'il me dise quelque chose du genre : « C'est toi qui devrais payer », mais il n'en a rien fait. Mon père était radin. Au début de son histoire avec Kimmy, il lui avait offert pour son anniversaire un message écrit dans le ciel : un type rédige de courtes phrases en l'air avec la fumée que dégage son avion. Mon père voulait mettre : chester aime kimmy, mais quand il a appris que le type se faisait payer au caractère, il a réduit le message à : c ♥ k. Le tour était joué, il avait condensé son cadeau en trois caractères. Quand elle a vu ça, Kimmy a pleuré et dit que c'était le plus beau cadeau de toute sa vie.

Il a mis la voiture au point mort et la machine nous a tractés jusque dans le bâtiment. Quand j'étais petit, j'adorais aller laver la voiture. Pendant que l'eau savonneuse contre la vitre me bouchait la vue et que les rouleaux tournaient, je restais au sec et à l'abri sur la banquette arrière. Mais ce matin-là, je me sentais pris au piège. Je n'avais pas envie qu'on me bouche la vue. Et j'avais peur de rester seul dans la voiture avec mon père.

Il hochait lentement la tête sur la musique en regardant le tuyau projeter des torpilles d'eau contre la carrosserie. Quels que soient les péchés encore collés à la calandre de l'Eldorado, ils furent nettoyés et disparurent dans un conduit à sept heures du matin, en ce jour d'octobre.

8

— En rythme, en rythme, en rythme, en rythme ! (Ulster, l'entraîneur, était de mauvaise humeur.) Ah ! Bon sang, vous m'avez fait perdre mon chewing-gum !

On jouait contre Las Vegas le samedi suivant, le lycée champion de l'État. On était deuxièmes, alors Ulster rêvait d'une victoire. Il accusait toujours le coup quand on perdait. L'année précédente, quand Vegas nous avait coiffés au poteau, il avait pleuré. C'était gênant de le voir se frotter les yeux pendant qu'on quittait le terrain.

Au moment où mon père se garait devant le lycée, j'ai senti la peur me gagner. Je n'étais pas pressé d'affronter les types qui avaient vu comment je m'étais comporté la veille au soir. On était en avance. Mon père me conduisait toujours tôt à l'entraînement. Il disait que si on voulait être chef, il fallait être prêt à faire ce que personne d'autre ne ferait. Le seul déjà sur place était

Joe Maine, notre coupeur d'oranges. Il traversait péniblement le parking, un bidon d'eau dans une main et un seau rempli de quartiers d'orange dans l'autre. Il m'a fait un signe de tête et je lui ai rendu son bonjour. J'aimais bien Joe. Il était haut comme trois pommes mais il voulait absolument faire du football, alors Ulster le laissait s'échauffer avec nous, en échange de quoi il se levait tous les jours à cinq heures et demie pour couper des quartiers d'orange et transporter l'eau jusqu'au terrain.

Le lycée de Carmen était un lycée important pour le football. Il ne comptait que six cents élèves, donc le simple fait d'être classé était déjà une prouesse. L'administration prétendait qu'elle ne favorisait pas les sportifs mais c'était faux, on rendait toujours nos devoirs en retard sans être punis. Les professeurs avaient un accord avec Ulster qui, en plus d'être entraîneur, se trouvait aussi être le proviseur. Tant qu'on était présent à l'entraînement et qu'on s'y donnait à cent dix pour cent, on pouvait se contenter de ne pas être trop nul en classe. Quand un gars poussait le bouchon, Ulster râlait mais en réalité, à partir du moment où on était dans l'équipe, on obtenait les notes qu'il nous fallait.

On abusait vraiment de certains profs, surtout de M. Russell. Russell enseignait l'algèbre. Il était bossu, il boitait et il portait tous les jours le même pantalon puant et minable en polyester bleu. Il adorait les maths. Ça l'excitait de donner son cours, et il dansait au bout de ses orteils quand il résolvait un problème au tableau. Il n'avait pas idée de combien il était ridicule. Ou alors, peut-être qu'il s'en foutait. À ces moments-là, il se mettait à parler plus vite et sa voix montait d'un cran.

On lui lançait des craies en cachette et on criait pendant qu'il écrivait au tableau. Puis, quand il se retournait, on faisait semblant de travailler. On gueulait n'importe quoi, des trucs comme : « Ouuuuuh ! » ou « Aaaaaah ! », mais on gueulait vraiment fort. On faisait un concours à qui crierait le plus fort. Tout ça pour l'embêter. Il se crispait et il restait planté là, tremblant comme un chien mouillé, sa craie à la main, impuissant. Des fois, il s'en prenait à d'autres élèves. Un jour, il s'est énervé contre un gars efféminé qui s'appelait Steven Milne. Il s'est défoulé sur lui. On se mordait tous la main pour s'empêcher de rire.

— Farby, espèce de mauviette, plie ces genoux, allez, on y va !

Ulster nous avait fait mettre en file et, chacun à notre tour, on courait à toute vitesse jusqu'au sled.

— Allez, bougez-vous, bande de pets de mauviette ! Allez-y, je veux que ça dépote !

Il était sur la ligne de touche, un sac géant de graines de tournesol à la main. Il était accro à ce truc. Il laissait des petits tas de graines le long des lignes de touche, du coup les oiseaux voltigeaient au-dessus de sa tête comme s'il était à l'origine de la Création. Quand il nous gueulait dessus, on voyait les graines sur ses dents, le dentifrice séché partout sur ses lèvres et ses joues, et la dernière chose dont on avait envie, c'était d'obéir aux ordres d'un clown mal éduqué.

J'ai été toucher le sled en courant et j'ai eu l'impression que j'allais encore vomir.

— Garvin !

— Oui, monsieur.

— Tu vas me heurter ce truc comme si c'était la dernière chatte qui reste sur terre ! Plie-moi ces genoux et mets-y du cœur !

Je détestais Ulster. Il n'arrêtait pas de nous dire qu'on était les rouages d'une machine à onze gars, et rien que les rouages d'une machine. « On ne complique pas tout avec des machins personnels », disait-il. Il nous mentait, aussi. Ses discours d'encouragement étaient bourrés de récits de guerre censés nous inspirer, mais ça sautait tellement aux yeux que c'était de la bouse de vache en barre que j'étais toujours choqué, en regardant les types dans la salle autour de moi, de voir qu'ils buvaient ses paroles.

— Comment tu te sens ?

Reed était derrière moi.

— Déjà été plus en forme.

— T'en tenais une bonne, hier soir.

Reed avait une façon bien à lui de faire monter sa voix à la fin d'une phrase et de transformer une affirmation en question. Du coup, sa phrase restait en suspens, et ça mettait mal à l'aise si on ne répondait pas.

— Ouais.

— Y en a plusieurs qu'ont franchement la haine contre toi, surtout Fred. À cause de ce que t'as dit sur Amy. (Je sentais son souffle dans mon cou.) C'est notre année, frère, ça passe ou ça casse.

Il parlait tout bas, parce que Stubby Fluke se trouvait devant nous. Stubby était l'autre receveur. Il nous détestait tous les deux. L'année précédente, à la fête après le championnat du sud de l'État, Stubby m'avait reproché de lancer en priorité le ballon à Reed. Il était furieux parce que les recruteurs des universités de tout le Sud-Ouest assistaient au match, et qu'il n'avait pas marqué un seul point. On avait réglé ça dehors et il avait fallu nous séparer.

En fait, Stubby avait raison, même Ulster me l'avait reproché. Je lançais en priorité à Reed. Depuis le jour où il était arrivé de Bakersfield, je lui lançais tous les jours le ballon dans son jardin. On répétait encore et encore le même geste. C'était simple : Reed s'éloignait, j'allais vers nos poteaux jusqu'à ce qu'il traverse la zone de but, je lançais et quand on était pile en phase, juste au moment où il regardait par-dessus son épaule droite, le ballon lui atterrissait dans les bras. On avait répété cette passe des milliers de fois, au point qu'elle hantait nos rêves la nuit. On s'entraînait jusqu'à la tombée du jour. Je lui lançais le ballon jusqu'à ce qu'il ne le voie plus et qu'il se le prenne au coin de la figure. Reed ne se plaignait jamais. Il s'en foutait d'avoir mal tant qu'il s'agissait de football. Je lui lançais le ballon qui disparaissait dans la lumière déclinante, j'entendais un « ouille », alors je savais que je l'avais encore fait saigner du nez et qu'il était temps de rentrer.

Après la bagarre avec Stubby, Reed m'avait ramené chez moi en voiture. Ça avait été une journée incroyable, il n'avait pas raté un seul de mes ballons et ensuite, tous les recruteurs de l'État étaient venus nous saluer. Ce soir-là, dans la voiture de Reed, on parlait de notre avenir. *Notre* avenir, comme s'il ne faisait qu'un. Je me souviens que Reed disait que ça serait génial si on réussissait à jouer dans la même université. J'étais d'accord. C'était comme un pacte.

Stubby prenait le match plus au sérieux que nous autres. Il ne faisait pas mystère de ce qu'il voulait après le lycée : une bourse de football dans une bonne université. Il ne déjeunait pas à la table de l'équipe mais avec Stacey, sa copine, et ses flacons de protéines et de vitamines posés sur la table devant lui. Stubby était un nutritionniste amateur. Il notait tout ce qu'il mangeait.

Dans les gradins, son père mâchait du chewing-gum et observait le terrain. Il était exactement comme son fils, il parlait à peine aux autres pères. De temps en temps, il sortait un carnet de la poche de sa chemise et inscrivait ce dont il discuterait avec Stubby le soir au dîner.

De nombreux pères assistaient aux entraînements. La plupart étaient employés à Vegas et habitaient Carmen, où on avait *plus d'espace pour son argent*. Ils faisaient le genre de boulot qu'on trouve à la rubrique « Divers » : des jobs temporaires qui se prolongeaient indéfiniment. Le père de Fred était croupier, comme celui de Farby. Celui du Pingouin faisait agent de sécurité chez Bally, et le vieux de Benny Jericho jouait de la guitare le soir pour accompagner un chanteur au bar du Continental Hotel. Le matin, ils conduisaient leur fils à l'entraînement puis s'attardaient sur les gradins, s'envoyant des vannes et renversant leur café. Ils avaient tous divorcé, certains en étaient à leur deuxième, troisième, voire quatrième épouse, et ils avaient presque tous dans les yeux le regard que je voyais chez les hommes qui attendaient Neil Diamond. Ils avaient fait une croix sur leurs rêves et se contentaient de tuer le temps. Ils allaient jusqu'à en rire, des rêves fous de leur jeunesse. Ça me gênait. Pour moi, c'était une façon de se moquer de nous, de nous dire, à nous leurs fils, qu'on était idiots et qu'on ne réussirait pas mieux qu'eux. À côté de ça, ces types claquaient l'argent qu'ils n'avaient pas pour offrir à leurs gosses le dernier équipement à la mode, et ils venaient les encourager à l'entraînement. C'était troublant. Ils voulaient que leurs fils s'en sortent, tout en leur disant de ne pas avoir trop d'espoir. Mais nous, de l'espoir, c'est tout ce qu'on avait. J'imagine qu'au fond d'eux-mêmes, ils ne croyaient pas en leurs fils précisément parce que c'étaient leurs fils.

Être recruté était le rêve secret de chaque joueur. Ce n'était en général pas quelque chose dont on parlait, mais ça se sentait chaque fois qu'un recruteur faisait son apparition à un match. Les chuchotements fusaient sur le banc, se répandaient sur le terrain et s'infiltraient dans la ligne défensive jusqu'à ce que tout le monde se mette à jouer à un niveau supérieur.

— OK, on y va, Garvin !

Je me suis accroupi et j'ai observé le sled. Et là, j'ai remarqué que l'un des types qui le tenaient était Fred. Il me dévisageait d'un air triste. Le gros et lent Fred au visage doux. Je rigolais dès que je pensais à lui. Il était nul en classe. S'il n'avait pas fait partie de l'équipe de football, jamais il ne serait passé d'année en année. La plupart des filles gloussaient en le voyant arriver. On aurait dit un ours énorme, il était vraiment limite. Mais il y avait quelque chose en lui que je n'avais encore jamais remarqué. Il était heureux. Il avait le football, Amy, ses doubles déjeuners, son père était son meilleur copain et il vouait à sa mère une véritable dévotion. Elle lui préparait des déjeuners ahurissants dont on s'est moqués jusqu'à ce qu'on comprenne qu'il s'en foutait. Elle lui confectionnait d'interminables et délicieux sandwiches : olives, poivrons, jambon, oignons, le tout dans des petits pains maison. Ces œuvres d'art, Fred les engloutissait comme un singe en colère. La plupart d'entre nous avaient droit à un sandwich au beurre de cacahuète, à moins que nos parents nous donnent quelques dollars pour qu'on aille manger les plats dégueulasses de la cafétéria. L'unique but du déjeuner était d'apaiser la faim jusqu'à la fin des cours, moment où votre mère vous préparerait un vrai repas. C'est sans doute pour ça que les déjeuners de Fred provoquaient autant de jalousie : même quand il était au milieu de ses copains, il avait sa mère avec lui.

— Garvin, on se bouge !

Ulster était de plus en plus énervé.

J'ai regardé Fred, qui m'a regardé à son tour. Il n'avait pas l'air en colère. Ça aurait été plus facile qu'il le soit. Il avait l'air blessé. J'ai senti toute mon énergie me quitter et je me suis aperçu que je ne pouvais pas atteindre le sled, même si je l'avais voulu. J'ai regardé en direction d'Ulster et j'ai enlevé mon casque.

— Je ne me sens pas très bien aujourd'hui, entraîneur.

— J'en ai absolument rien à foutre de comment tu te sens, Garvin ! Tu fonces sur ce sled avec une force G, ou bien tu files aux douches et tu n'espères même plus remettre un pied sur mon terrain !

Je détestais Ulster. Je détestais la façon dont il nous poussait, la façon dont il n'en avait rien à foutre de personne. Je le détestais vraiment. Je détestais son cran. Je le détestais, voilà tout.

— J'ai pas la force, entraîneur.

Je ne sais pas d'où ça sortait, mais je m'en foutais. Ulster était abasourdi, comme s'il n'arrivait pas à croire ce que je disais.

— Espèce de pet de mauviette, va toucher ce putain de sled tout de suite ! Tout de suite !

Je n'avais encore jamais entendu Ulster dire « putain ». Il nous traitait sans arrêt de pet de mauviette, mais il ne disait jamais de véritables gros mots. Ça m'a électrisé. Je me suis retourné et j'ai fixé le sled. J'étais prêt à courir quand j'ai à nouveau croisé le regard de Fred. Je voulais qu'il me fasse un signe de tête, que, d'une certaine manière, il me donne le feu vert, me dise que c'était bon, mais il ne l'a pas fait.

— Vas-y ! Allez ! Allez !

Mes coéquipiers ne me quittaient pas des yeux. J'hésitais. Ulster perdait de l'autorité à chaque seconde qui passait.

— Tu sors de ce terrain, Garvin, et c'est fini ; ne songe même pas à revenir !

Il avait des bajoues. On aurait dit un poisson. Je suis persuadé qu'on peut vieillir en une nuit. Je n'avais jamais remarqué ses bajoues mais là, elles tremblaient. Ça lui donnait l'air faible et inoffensif.

— Tu fous en l'air ton avenir, tu le sais !

Mon avenir. J'ai vaguement marmonné un « je peux pas », je me suis faufilé la tête basse au milieu de l'équipe et j'ai quitté le terrain d'un pas lourd.

9

— Qu'est-ce que tu fais ?

Reed m'a rattrapé en courant.

— Laisse-moi tranquille.

— Je ne peux pas le croire. (C'est ce qu'il a dit. Et il avait raison.) Tout ça parce que tu l'aimes pas... Putain, je comprends pas ce que tu fais.

Plusieurs cars de ramassage étaient arrivés sur le parking, et il y avait déjà quelques élèves assis sur les gradins en plus des pères de certains joueurs. J'ai aperçu Mary Curtis à côté de Julie Sorgue. Julie était dans ma classe d'algèbre, elle portait des vêtements sales achetés chez le fripier, elle était gentille, mais personne ne faisait vraiment attention à elle. Il y avait aussi Lenore, toute seule au sommet de la tribune. Elle paraissait désespérée, comme si elle avait pleuré toute la nuit.

Je ne savais pas si j'aimais Lenore, je ne savais pas quels sentiments j'éprouvais pour elle. Je crois que j'avais envie de l'aimer. Un jour, elle m'avait dit qu'elle m'aimait, alors je lui avais dit pareil, et on n'en avait plus jamais reparlé. Je passais mon temps à faire des gaffes, mais sans que je sache comment, elle me donnait l'impression que tout ce que je détestais en moi n'avait pas d'importance. Elle n'essayait pas non plus de me convaincre. Les filles font ça. Une fois j'étais sorti avec Kate Urmswood et elle n'arrêtait pas de me dire que j'étais une *belle personne*. Ça me donnait envie d'aller vivre dans les bois et de me nourrir d'écorce. Je sais qu'elle essayait simplement de s'en persuader. On ne s'était pas disputés mais ce qui est sûr, c'est que je n'avais plus du tout envie. Je crois que, plus que quiconque, Lenore acceptait en moi ce que je n'acceptais pas, que c'est pour ça qu'elle était ma petite amie. Moi, je ne savais pas pourquoi j'étais son petit ami. C'était une question que je me posais souvent.

Elle m'a regardé traverser le terrain dans sa direction. J'ai croisé son regard, elle s'est levée et elle est partie. Elle est passée par le parking et elle a disparu dans le lycée.

J'ai entendu plusieurs élèves parler de moi.

— Et qu'est-ce qui va se passer pour le quarterback ?

— Ils en trouveront un autre. De toute façon, c'était un connard.

J'ai senti mon estomac se soulever comme une trappe. Je me souvenais d'avoir entendu ma prof d'anglais, Mme Aemes, employer l'expression *persona non grata*. Elle parlait d'un type qui avait trahi la Mafia, c'était dans un film des années quarante. Tout le monde le méprisait : ses amis, sa famille, et pour finir, même sa femme l'avait abandonné. Il avait dû quitter la ville pour toujours et il se demandait s'il avait fait le bon choix. S'il avait fermé sa gueule, il aurait pu continuer à vivre comme avant.

Mais je ne pouvais pas courir contre ce sled, quels que soient les noms dont Ulster me traitait. Il aurait pu m'appeler pet de mauviette jusqu'à la fin de la journée, je ne pouvais pas courir vers ce sled avec Fred Billings qui me regardait.

J'avais traité sa petite amie de « Cyclope ».

Il était encore capable de vouloir me pardonner. Il avait sans doute envie que ça s'arrange entre nous, exactement comme tout le monde faisait avec moi depuis toujours, ou presque. Ces derniers temps, on me trouvait des excuses parce que j'avais ce que le journal local appelait *un-bras-à-un-million-de-dollars*. Tant que je faisais gagner des matches à Carmen, plein de gens étaient prêts à tolérer mon comportement, me trouvant juste *turbulent*, mais en me dirigeant vers les casiers, j'ai compris que j'étais sur le point de devenir *persona non grata*.

Au cours d'un match la saison précédente, j'avais réussi une passe de cinquante-quatre mètres à Reed pour qu'il marque. Carl Elders avait fait un article sur moi dans le *Monitor*. Ils avaient montré la passe dans les images de la semaine sur ESPN. C'était le banco. Ensuite, des recruteurs étaient venus assister à tous nos matches et même à certains de nos entraînements. L'article d'Elders, qui faisait une demi-page, racontait en détail comment des gens ont une aptitude extraordinaire sans raison spéciale. Il avait fait des recherches là-dessus. Il m'avait interviewé pour comprendre pourquoi j'étais capable de lancer aussi loin avec autant de précision. Je lui avais dit que je m'entraînais avec mon père depuis que j'étais petit. Mais ce n'était pas la seule raison. La vérité, c'est que je me masturbais beaucoup. Mon bras gauche était deux fois plus fort que le droit. Ce qu'ils appelaient mon formidable snap était dû en grande partie aux muscles de mon poignet et de mon avant-bras, capables de se contracter très vite à force de centaines d'heures passées à perfectionner mon lancer dans la salle de bains du premier étage chez mon père.

Un recruteur de l'université de Las Vegas s'était mis à assister parfois à nos entraînements. Il était apparu pour la première fois le lendemain du jour où la séquence était passée à la télévision. Il s'appelait Norman Lime, et il ne ressemblait pas du tout à un recruteur. Il avait le corps en forme de grosse lampe et il était chauve, à l'exception de deux touffes de cheveux de chaque côté du crâne qui lui donnaient l'air d'un clown. Chaque fois que je le voyais, il avait un nouveau furoncle sur le visage, toujours à un endroit différent. Un jour, il en avait un sur la lèvre et je n'arrivais même pas à le regarder, je restais tête baissée. Je n'ai rien contre les boutons, mais quand on en a des comme ça, il vaut mieux en parler franchement, sinon n'importe quel interlocuteur finit par regarder par terre. Bref, il était revenu cette saison et deux semaines plus tôt, il nous avait permis, à Reed et moi, de conduire sa BMW gris métallisé après l'entraînement. Il nous avait dit que les BMW étaient des voitures vraiment géniales, et qu'ils en offraient aux « sportifs prometteurs » pour leur donner envie de venir jouer chez eux. À l'entendre, tout le monde en avait une. Je voyais bien que Reed était excité même si le lendemain, il m'a dit qu'il ne conduirait jamais une voiture étrangère. Lime l'a déposé sur le parking, puis il m'a ramené chez moi. Sur la route, il m'a demandé ce que je pensais de Stubby Fluke. Je me suis figé sur place. J'avais envie de lui parler de Reed mais je ne l'ai pas fait, je lui ai dit que Stubby était vraiment un bon joueur, qu'il travaillait dur. J'avais le visage en feu. Je me sentais coupable, comme si j'aurais dû défendre Reed. J'en avais envie, j'avais envie de dire à Lime que Reed était un bon joueur, qu'on pouvait compter sur lui. J'avais envie de lui expliquer qu'on avait un pacte. Que Stubby était plus rapide que Reed, mais que Reed avait du cœur. Que Reed était le genre de joueur qu'on n'évaluait pas avec des statistiques. Que Reed acceptait de souffrir pour jouer au football. Rien qu'à les comparer, ça me mettait en colère. Je savais que je préférerais toujours Reed à Stubby. Stubby n'accepterait jamais de souffrir pour le football.

Mon père a invité Lime à la maison et a traité ce clown comme un membre de la famille royale. Il lui a servi un verre de Midori avec de la glace et lui a raconté ses interminables blagues cochonnes qui n'étaient même pas drôles. Pourtant, Lime avait le souffle coupé tellement il riait. Il a dit à mon père qu'il était très impressionné par mon bras. Il disait *ce bras*, comme si c'était quelque chose que je rangeais dans mon placard. Il lui a dit qu'il allait me surveiller de près, puis ils ont échangé des clins d'œil comme deux tapettes. Quand on a raccompagné Lime à sa voiture, il a ouvert son coffre et m'a offert un blouson en cuir de l'université de Las Vegas. Je n'ai pas parlé du blouson à Reed. Je ne savais pas comment le lui dire. Lime m'a fait essayer le blouson pour voir s'il m'allait. Et il m'allait.

Reed a fini par savoir pour le blouson, même s'il ne m'en a jamais parlé. Mon père l'avait dit aux pères de deux joueurs, et la nouvelle s'est propagée. Je me sentais coupable de ne pas avoir défendu Reed, mais aussi en colère de devoir choisir. Je ne pouvais m'empêcher de me demander ce que Reed aurait fait à ma place. Les chances que deux joueurs soient recrutés par la même université sont minces, et ce n'est pas quelque chose qu'on peut exiger. Le silence de Reed sur le blouson me mettait en colère. C'était comme s'il me disait que lui, il aurait parlé de moi à Lime. À cause de ça, cela faisait deux semaines que je me sentais mal à l'aise dès que j'étais avec mon copain.

On m'a tapé sur l'épaule. C'était Mary Curtis. Elle portait une jupe plissée et un T-shirt blanc en coton fin avec un minuscule nœud papillon autour du cou.

— Salut.

— Salut.

— Ça va ?

Elle me demandait *à moi* si j'allais bien.

— Ouais.

— Merci d'être venu hier soir. Mes parents sont dans tous leurs états. Mon frère n'est pas rentré. Personne ne sait où il est.

Je ne pouvais pas lui répondre. Moi non plus, je ne savais pas où était son frère.

— Ça avait l'air lourd, le climat, là-bas.

— Ouais.

On avançait dans le couloir. J'ai aperçu Lenore au bout, qui discutait avec M. Erickson, le prof de musique. Elle jouait du saxophone dans l'orchestre de Carmen. Elle m'a vu parler à Mary et a détourné le regard.

— Je ferais bien d'aller prendre une douche, j'ai dit à Mary.

— D'accord, à plus tard.

Le vestiaire était désert. Je me suis assis sur un banc et j'ai écouté ma respiration. D'habitude, l'odeur aigre de la sueur me dérangeait et je n'aimais pas m'attarder dans cette salle, mais ce matin-là, j'y prenais presque du plaisir. Je me sentais chez moi. Après l'entraînement, certains gars de l'équipe se débarrassaient de leur tenue, s'habillaient et allaient directement en cours. Sans prendre de douche. Je me demandais s'ils savaient qu'ils puaient. Peut-être qu'ils ne faisaient pas le lien entre transpirer et puer. Peut-être qu'ils se prenaient encore pour des enfants. Les gosses peuvent courir toute la journée sans sentir mauvais mais à la puberté, se laver est censé devenir une habitude quotidienne. Sans doute qu'ils ne s'en étaient pas encore rendu compte. J'avais envie de le leur dire, mais c'était une chose dont personne ne parlait jamais. Des fois, je me demandais même si quelqu'un d'autre que moi le remarquait.

J'avais le visage dans les mains et je faisais des bruits de klaxon. J'essayais de pleurer mais les larmes ne sortaient pas. Je me suis senti gêné quand j'ai levé la tête et que j'ai vu quelqu'un d'autre dans la salle, un élève de troisième de l'équipe de cross-country. C'était un grand gamin tout maigre qui venait chaque matin au lycée en courant, son sac sur le dos. Il n'arrêtait pas de me regarder en se déshabillant. En temps normal, j'aurais dit à un type comme lui d'aller se faire foutre, mais là, je n'en avais pas le courage.

J'ai retiré ma tenue et je me suis dirigé vers les douches, où je me suis retrouvé à quelques mètres du gamin. C'était bizarre d'être nu près de ce type juste après qu'il m'avait vu à ce point désemparé. Je me suis retourné et je me suis lavé aussi vite que possible.

J'ai enfilé mes vêtements et j'ai remonté le couloir jusqu'à la cafétéria. Quelques élèves buvaient des sodas et jouaient à marquer des paniers en lançant dans la poubelle les petites pommes dures que le lycée fournissait gratuitement à l'heure du déjeuner. M. Russell était assis dans un coin en train de donner un cours de soutien. Je me suis souvenu que j'avais contrôle de maths ce jour-là. Pendant une fraction de seconde j'ai paniqué, puis la panique a disparu et je n'ai plus rien ressenti.

10

J'étais dans la salle de classe, je faisais semblant de réviser mon cours de maths. J'entendais des chuchotements. La nouvelle que j'avais quitté l'équipe de football s'était déjà répandue dans le lycée.

Au fond de la salle, j'ai entendu deux gars imiter les bruits qu'on faisait en cours avec Russell.

— Ouahhhh !

— Ahhhhh !

C'était Clyde et Dayton, deux cousins, des minables, des pauvres gars qui vivaient dans des caravanes, saignaient des gencives, avaient les cheveux décolorés et gras et empestaient la marijuana. Le genre de type qu'on s'attendait à voir un jour flinguer tout un lycée. Ils portaient souvent des T-shirts dégueulasses avec des inscriptions du style « Bouffe-moi le cul ! » qu'ils fabriquaient eux-mêmes. Ils me détestaient parce qu'un jour, je les avais humiliés devant plusieurs filles. J'avais déclaré tout fort qu'ils étaient issus d'une longue lignée de cousins qui couchaient ensemble et qui n'avaient aucune *gêne-éthique*. Je la tenais de mon père, qui l'avait entendue dans un sketch d'*Evening at the Improv*. Ça les avait sans doute blessés, et je m'étais demandé si j'avais touché le point sensible. En tout cas ils avaient rangé leurs affaires et s'étaient éloignés en rasant les murs et en marmonnant dans leur étrange dialecte de sales petits Blancs.

Et maintenant, ils se foutaient de ma gueule. Ces bruits étaient pour moi, et je n'y pouvais rien.

— Ahhhh !

Il y avait deux gars de l'équipe dans la salle, Benny Jericho et Ernie Gates. Ils étaient assis devant moi et ils avaient la tête tournée vers le tableau. J'étais seul. J'ai plongé encore plus le nez dans mon cahier.

— Ouahhh ! Aaaaah !

Ils me faisaient passer pour un crétin. Plusieurs élèves riaient. J'avais envie de me lever et de cogner leurs têtes l'une contre l'autre.

Puis j'ai entendu : « Lâcheur. » C'était Dayton. Il avait déjà la voix traînante, tellement il fumait d'herbe. Je me suis retourné et je l'ai dévisagé. J'ai essayé de lui faire le regard terrible de mon père quand il voulait me terroriser.

Ils ont tous les deux hurlé : « Oooooh ! » Je me suis tourné vers le tableau. Je ne pouvais rien faire. Je sentais mon dos me brûler. Ma tête s'emplissait de colère et de confusion. Ils avaient gagné. Ils n'avaient plus peur de moi, j'avais perdu la face aux yeux de tous.

Mme Aemes est entrée dans la salle. Elle était partie chercher les retardataires.

La cloche a sonné et tout le monde s'est levé pour l'hymne national. J'entendais Clyde et Dayton glousser dans le fond.

Pendant l'hymne, une boulette de papier mâché a heurté l'arrière de ma tête.

11

Environ trois cents élèves du lycée de Carmen, deux membres de la police routière du Nevada et quelques adjoints du bureau du shérif étaient éparpillés le long de la route entre la maison de Fred Billings et celle des Curtis. On recherchait les traces de Ian Curtis d'après les renseignements qu'avait fournis Kevin Bottoms, la dernière personne à l'avoir vu avant sa disparition.

Juste après l'hymne national, Ulster avait annoncé dans les haut-parleurs que l'un de nos camarades ayant disparu, il n'y aurait pas cours ce jour-là et que tous les élèves étaient invités à se joindre aux hommes du shérif pour entamer des recherches sur-le-champ. La plupart des élèves ne connaissaient pas Ian Curtis mais trouvaient excitant de participer à une battue qui pourrait se terminer par la découverte d'un cadavre.

Les bus de ramassage scolaire nous ont conduits chez les Curtis. Mon père coordonnait les équipes. Il était déjà là quand je suis descendu du car. Je ne voulais pas participer aux recherches, mais en tant que fils du shérif, je n'avais pas le choix.

Mon père avait à la main une photo de Ian. Il parlait à un groupe d'élèves au bord de la route.

— Nous recherchons Ian Curtis. Je veux que vous alliez tous voir l'adjoint Quinlan, qui vous donnera des instructions.

Il avait la main sur mon épaule en disant ça.

On arpentait la végétation aride du désert sans quitter le sol des yeux. Je marchais à côté de Quinlan. Chaque fois qu'il faisait un pas, des sauterelles s'envolaient d'où il ne paraissait y avoir que du sable. C'était un spectacle horrible, ces centaines de jeunes éparpillés dans le désert qui scrutaient le sol à la recherche d'un corps pendant que le ciel était empli de sauterelles.

Mon père avait enrôlé deux de ses potes de la police routière du Nevada. Beaucoup de ces flics fréquentaient un bar au nord de Las Vegas qui s'appelait Les Crapules. C'était leur repaire. Le lundi, ils allaient à la soirée « Rencontres et coups en douce ». Les gars, presque tous mariés, s'y rendaient dans l'intention de se taper une fille. Des strip-teaseuses de l'Olympic Garden y allaient ce soir-là. C'est aux Crapules que mon père avait rencontré Kimmy. Je me souviens qu'elle m'avait dit un jour qu'elle aimait bien les flics, que ça l'excitait. Elle avait beau ne plus faire de strip-tease et avoir un emploi respectable à la mairie de

Carmen, elle aimait s'exhiber devant moi quand mon père n'était pas là. Elle avait un tatouage sur le sein gauche : JOHNNY POUR TOUJOURS. Ça m'a déprimé pendant des siècles quand j'ai découvert ça. Ça se voyait que Kimmy était le genre de fille à souvent avoir le cœur brisé. Chaque matin en sortant de la douche, elle voyait tatoué sur son sein le nom du type avec qui elle avait juré de passer sa vie. Et quand elle faisait un strip-tease, tous les gros beaufs devaient lui demander comment allait Johnny. Un jour où ils se disputaient, j'avais entendu mon père lui dire : « T'as qu'à retourner avec le type que t'as sur le nichon. » Mon père déteste les tatouages. Moi, je trouve juste ça idiot. En tout cas, si on veut s'en faire un, on a intérêt à ne pas opter pour le nom de son amoureuse, à préférer des épines autour du bras ou alors un crâne. Un truc qui ne risque pas de changer.

J'ai vu mon père discuter avec les parents de Ian au bord de la route. Mme Curtis portait un jean et un T-shirt et elle avait l'air plutôt calme. Cette fois, c'est M. Curtis qui faisait presque toute la conversation. J'ai eu l'impression que Mme Curtis était en état de choc tandis que son mari essayait simplement de ne pas craquer.

J'ai aperçu Mary assise dans la voiture de patrouille de mon père. Elle pleurait. Il y avait un vendeur de boissons installé sur le bas-côté, et l'adjointe Carol Ceirley achetait un soda. Elle l'a apporté à la voiture de mon père et l'a tendu à Mary, que j'ai regardée dire merci.

Mon père était si calme que je n'arrivais presque pas à croire qu'il avait passé la nuit à se débarrasser d'un cadavre. Ça me paraissait impossible. Je n'arrêtais pas de me demander comment Ian aurait pu disparaître du coffre autrement. Mme Curtis était à nouveau suspendue à son bras. Il montrait la route du doigt en désignant l'est, la direction de chez Fred Billings, quand les chiens sont arrivés. J'imagine qu'un adjoint avait appelé la police de Las Vegas pour demander l'autorisation d'emprunter des bêtes à l'unité K-9. Un policier de l'aéroport McCarran amenait deux bergers allemands, sans doute utilisés en temps normal pour rechercher de la drogue.

Le flic de l'aéroport est descendu de voiture et a libéré les chiens, qui voyageaient sur la banquette arrière. Mon père s'est avancé et s'est présenté, puis a présenté les Curtis. Mme Curtis a donné au flic un T-shirt qui devait appartenir à Ian. Le flic l'a tenu à hauteur des chiens pendant qu'ils le reniflaient, l'a retiré, puis le leur a fait sentir une seconde fois.

Tout à coup, les deux chiens se sont mis à renifler les chaussures de mon père en grognant, puis n'ont plus arrêté de grogner et d'aboyer. Le flic a dû les retenir pour qu'ils n'attaquent pas mon père. Il a ramené les chiens vers son véhicule en s'excusant, s'est remis au volant et a repris la direction de l'aéroport.

À cet instant, l'adjoint Ronald Stokely est arrivé dans sa voiture. Il était presque aussi costaud que mon père, il avait lui aussi fait du football au lycée avant d'intégrer l'école de police. C'était sans doute son meilleur ami. Il l'appelait toujours capitaine, et dès qu'il me voyait, c'était : « Alors, capitaine junior, quoi de neuf ? » Il avait aussi la plus belle peau que j'avais jamais vue chez un homme. Il m'avait un jour dit que c'était à cause de la vie sexuelle très intense qu'il menait avec sa femme. Stokely n'était pas blasé par le métier de policier, contrairement à ce qui semblait être le cas pour d'autres. Il est descendu de voiture, s'est approché de mon père et lui a montré un bout de papier. Je l'ai ensuite vu se diriger vers Benny Jericho, qui avançait à pas lents dans le désert, tête baissée. C'est là que j'ai su ce que contenait le papier. C'était la liste de tous ceux qui, d'après Kevin Bottoms, se trouvaient à la fête la veille au soir.

Stokely a dit quelques mots à Benny, puis tous deux se sont approchés de la voiture. Mon père les attendait. Il a ouvert la portière pour permettre à Benny de s'installer sur la banquette arrière. On allait tous être interrogés un par un. Ils nous demanderaient qui d'autre se trouvait à la fête, et si on se rappelait y avoir vu Ian Curtis. Ils nous demanderaient aussi de raconter tout ce dont on se souvenait. Ils nous demanderaient aussi ce qui, selon nous, était arrivé à Ian. C'est la règle dans les cas de disparition.

Benny Jericho répondait aux questions de Stokely. À un moment, Stokely a levé la tête vers mon père et ce dernier s'est mis à scruter le désert jusqu'à ce qu'il me repère. Je savais que Benny lui avait parlé du moule-cul. Quand mon père m'a regardé, j'ai baissé les yeux et j'ai continué à marcher.

— T'imagines ça ? (C'était Reed.) On cherche le petit d'hier soir, celui à qui t'as fait un moule-cul.

Je lui ai décoché un regard noir. Il ne se rendait pas compte à quel point il parlait fort.

— Je sais qui c'est, ai-je marmonné.

— Je me demande s'il est mort.

— Je sais pas, j'ai menti.

On a marché un moment en silence, examinant le sol à la recherche de Ian.

— Je comprends pas, c'est tout.

— Quoi ?

— T'es si près du but. Putain, t'es si près d'avoir tout ce que tu veux.

Reed cherchait à comprendre pourquoi je quittais l'équipe. Je ne savais pas quoi dire. Je n'avais aucune réponse à lui fournir.

— Il aurait dû rentrer par là, a dit Reed. Au fait, t'es parti juste après lui, non ?

— Je sais pas.

— Mais si, t'es parti juste après lui.

Je ne quittais pas le sol des yeux. Je sentais que Quinlan me regardait. La voix de Reed portait dans le désert. Je me suis obligé à me tourner vers lui et à fixer son front.

— Eh bien, j'ai vu personne.

Quinlan s'est remis à examiner le sol du désert mais Reed me regardait bouche bée, promenant comme un fou ses yeux sur mon visage. Puis il s'est éloigné en s'obligeant à scruter par terre comme s'il ne pouvait plus me regarder, comme s'il venait d'entendre quelque chose qu'il aurait préféré ne pas savoir.

Le silence régnait. Tout le monde était plongé dans ses pensées et le bourdonnement des sauterelles se fondait peu à peu dans le décor.

Ça a fait un choc quand Grace Daly s'est mise à hurler.

On a tous levé la tête et on l'a vue s'écarter de quelque chose par terre. Elle agitait les mains devant elle comme si elle les égouttait. Brusquement, tout le monde a couru voir ce qu'on croyait être Ian. Tout le monde s'est précipité dans le désert comme si on venait de lancer un sac de billets de banque depuis le ciel. J'ai regardé autour de moi et j'ai observé Mme Curtis. Elle sanglotait la main sur la bouche, comme si elle savait que son fils était mort. Ça m'a fait penser à ma mère. Est-ce qu'elle se demandait si j'étais en vie et si j'allais bien ? J'ai revu la scène de la buanderie où elle pliait son collant. J'ai essayé de distinguer ses traits. J'ai essayé de la voir me sourire, de voir l'amour dans ses yeux mais je n'ai pas réussi. Tout était flou.

— Un chien mort ! a crié Quinlan à mon père.

Mon père a agité la main et hoché la tête :

— Très bien, tout le monde reprend sa place, on continue !

J'ai regardé Grace contourner prudemment le chien et se remettre en route. Elle était nerveuse. En général, les adolescents ne pensent jamais à la mort. Alors se retrouver devant ce qu'on devra tous affronter un jour, voir ça en face, ça l'avait fait hurler.

12

L'un après l'autre, tous ceux qui se trouvaient à la fête ont été conduits à la voiture de patrouille pour y être interrogés, puis renvoyés chez eux car mon père ne voulait pas qu'ils confrontent leur version avec ceux qui attendaient encore d'être questionnés. La dernière chose que souhaite un enquêteur, c'est qu'on lui raconte des bobards.

Je croisais de temps en temps leur regard. Ils expliquaient tous à Stokely et à mon père ce que j'avais fait la nuit précédente. Ils n'avaient aucune raison de mentir pour me faire plaisir. Ils expliquaient à mon père que j'avais fait un moule-cul à Ian, que je l'avais humilié.

La voiture de patrouille avançait au pas près de nous pendant qu'on refaisait à pied le chemin jusqu'à chez Fred Billings. Pour le déjeuner, on nous a donné des hot dogs et des sodas frais. Reed et moi, on marchait côte à côte en silence. D'habitude, Reed parlait beaucoup mais ce jour-là, il n'avait rien à dire. On avait l'impression qu'il cherchait à se caler sur mon pas sans y arriver. Du coup, je me sentais responsable et coupable, comme si mon pas était si mauvais qu'on ne pouvait même pas se caler dessus.

Puis Stokely est venu nous chercher. On était les derniers à être interrogés.

— Reed.

Reed n'a pas levé les yeux. Il s'est contenté de se diriger vers la voiture avec Stokely tête baissée, comme s'il continuait à chercher Ian.

Il s'est installé sur la banquette arrière avec mon père. J'ai regardé les deux flics lui parler et lui poser des questions. Il a acquiescé pendant quelques instants, puis il s'est mis à répondre. J'essayais de comprendre ce qu'il disait mais il était trop loin. Je me suis demandé s'il leur racontait qu'il m'avait vu sur la route la nuit précédente.

— T'inquiète pas, toi aussi tu vas passer à la casserole.

C'était Quinlan.

— Pardon ?

— Tu n'arrêtes pas de les regarder. T'inquiète pas, ils vont venir te chercher.

J'ai de nouveau baissé les yeux vers le sol du désert et j'ai continué à marcher. J'étais terrifié à l'idée que Reed leur parle de notre rencontre sur la route, qu'ils comprennent que s'il m'avait rattrapé, c'est que je m'étais arrêté quelque part. Je savais que s'il leur disait ça, j'étais foutu.

Les parents de Reed se sont garés derrière la voiture de patrouille. Mon père est sorti avec Reed et s'est avancé vers eux. Il a serré la main de M. Banks et bavardé avec lui comme si c'était son meilleur ami. Je me suis mis à trembler. Tout à coup, j'ai éprouvé un besoin urgent de courir vers les parents de Reed. Terry et Dot. C'étaient leurs noms. Le genre de personnes qu'on n'imaginait pas autrement qu'ensemble, des gens qui vivraient centenaires puis mourraient à quelques jours d'intervalle. Même leurs noms s'accordaient douillettement. Terry et Dot.

La mère de Reed était la plus belle femme que j'avais jamais vue. Et la façon dont elle prononçait mon nom – Ni-aul –, me faisait rougir. Elle l'étirait en deux longues syllabes comme si elle prenait tout simplement plaisir à le dire. Reed et moi, on franchissait la porte, il annonçait : « Neil est là », elle disait avec son beau et grand sourire : « Salut, Ni-aul », et le sang affluait à ma tête. La plupart du temps, quand on va chez un copain, ses parents ont peur qu'on leur pique des trucs. Ça rend tellement nerveux qu'on se retrouve à regarder partout en se demandant ce qu'on pourrait *vraiment* piquer. Avec la mère de Reed, cette idée ne me venait jamais à l'esprit.

Ils habitaient sur Constellation Boulevard, une succession interminable de maisons sinistres construites avec des matériaux pourris, des pelouses brûlées et pas de plantes. Je ne connaissais pas Bakersfield mais je ne voyais pas comment, si on avait le choix, on pouvait *décider* de vivre sur Constellation Boulevard.

Reed et moi, on allait jouer dans le jardin. Puis à l'heure du dîner, Mme Banks me disait que je devrais appeler mon père pour savoir si je pouvais rester. Je détestais demander ça à mon père. J'avais toujours peur qu'il refuse.

— Les Banks m'invitent à dîner, et M. Banks propose de me ramener en voiture après.

— Et qu'est-ce que tu leur dis ?

— Merci.

— C'est ça.

Et il raccrochait.

Je me souviens de la première fois où mon père a croisé le père de Reed. Au moment où la voiture de M. Banks se garait devant chez nous, mon père est sorti sur le seuil. Je l'ai observé tandis que ses yeux se fixaient sur les tatouages artisanaux dont étaient couverts les bras de M. Banks. Il s'est crispé un instant, puis son habituel sourire perplexe a réapparu.

— Bonjour, je suis Terry. Ravi de vous rencontrer.

— Chester.

Ils se sont serré la main.

— Merci d'avoir fait dîner mon garçon.

— Pas de problème.

Quand M. Banks a tendu la main pour m'ébouriffer les cheveux, mon père s'est à nouveau crispé. Il a été parcouru par un tremblement comme s'il retenait son souffle, et j'ai ressenti ça jusque dans mes os. Ça m'a terrifié. Je ne comprenais pas pourquoi ça me faisait peur que mon père voie M. Banks m'ébouriffer les cheveux, pourtant c'était le cas.

J'ai été le dernier à être interrogé. Stokely s'est approché de moi.

— Comment ça va ?

J'ai fait un mouvement de tête.

— On a besoin de te parler.

Je me suis avancé avec lui en direction de la voiture de patrouille. Mon père était assis sur la banquette arrière et ne quittait pas des yeux une feuille de papier dans sa main. Il ne m'a pas regardé approcher. Il a gardé la tête baissée jusqu'à ce que je m'assoie à côté de lui. Stokely s'est installé sur le siège avant et a laissé mon père me poser les questions.

— Tu étais à cette fête hier soir ?

— Ouais.

— Est-ce que tu y as vu ce garçon ?

Mon père m'a montré le cliché photocopié de Ian.

— Ouais.

— Tu veux bien nous dire ce que tu lui as fait ?

Je me suis figé sur place. Je ne savais pas quoi dire. J'avais envie de lui poser la même question.

— ... Qu'est-ce que tu lui as fait à la fête ?

— Je lui ai fait un moule-cul.

— Pardon ?

— Un moule-cul.

Mon père est resté silencieux un long moment.

— Est-ce que tu te souviens de l'avoir vu partir ?

— Oui.

— Et tu as lancé une bouteille de bière dans sa direction ?

J'ai hoché la tête. Je me demandais qui lui avait raconté ça.

— Tu es parti peu de temps après lui ?

— Ouais. Oui.

— Est-ce que tu l'as vu sur la route ?

Mon père regardait fixement son carnet en me demandant ça. Stokely ne me quittait pas des yeux et attendait que je réponde.

— Est-ce que tu as vu quelqu'un sur la route ?

Il plissait le front en attendant ma réponse. Faisait-il allusion à Ian ? Ou à Reed pour comparer nos versions et voir si elles correspondaient ?

— Non.

C'est sorti comme un murmure.

— Tu es sûr ?

— Oui, affirmatif.

Mon père a poussé un grand soupir.

— Qu'est-ce qui est arrivé à ce garçon, à ton avis ?

J'avais la bouche sèche. Je ne pouvais pas parler. Je me suis contenté de secouer la tête.

— Pas la moindre idée ? (J'ai de nouveau agité la tête.) C'est bon, sors.

Et voilà. C'était fini. Était-ce possible que Reed n'ait pas dit qu'il m'avait vu sur la route ? Que signifiait le regard qu'il m'avait lancé un peu plus tôt dans le désert ? Est-ce qu'il savait ? Ce que moi je savais, c'est que jamais je ne pourrais lui poser la question.

J'avais l'impression de regarder mon corps dans le lointain alors que je flottais vers la camionnette de boissons. Personne ne savait rien dont on puisse m'accuser, sauf le moule-cul que j'avais fait à Ian. Ce qui n'était pas un crime. On faisait ça tout le temps. Mary a agité la main d'un air las depuis la voiture de patrouille que je longeais en allant chercher un soda.

On a continué les recherches jusqu'à la nuit, puis mon père s'est posté sur le bord de la route et a sifflé. Tout le monde l'a rejoint en traînant les pieds et s'est regroupé en silence. Personne n'avait envie de parler. J'avais entendu dire un jour que lorsque les saint-bernard qui participent à des recherches ne parviennent pas à retrouver de victimes, ou si les victimes sont mortes, ils sombrent dans la déprime. On était tous comme des saint-bernard, l'air hébété. M. Curtis serrait sa femme et Mary dans ses bras. Des filles pleuraient tandis que nous autres on regardait par terre, comme si on cherchait encore Ian.

J'ai entendu dans le lointain un bourdonnement qui enflait peu à peu et ressemblait à celui d'une ligne à haute tension. Il y a une base de l'US Air Force à la sortie de Carmen quand on va vers le sud en direction de Vegas. Une fois par mois, les militaires font des exercices nocturnes en se fiant uniquement à leurs instruments de navigation. Ils passent au ras du sol dans l'obscurité et le vrombissement est tellement fort qu'on baisse la tête de peur de se faire décapiter.

Une Ford rutilante s'est garée sur le bas-côté en gravier. Un homme en coupe-vent gris en est sorti et s'est dirigé vers nous. Quand Mme Curtis l'a vu, elle a quitté son mari et a couru se jeter dans ses bras en bégayant, mais le bruit des avions était si assourdissant que je n'ai pas entendu ce qu'ils disaient. Les jets passaient juste au-dessus de nos têtes et tout le monde se penchait en se couvrant les oreilles avec les mains. Mon père ne quittait pas des yeux le type en coupe-vent gris. Le bourrelet sur son front a commencé à rougir. C'est là que j'ai su que le FBI était arrivé.

13

Il s'appelait Clive Burden, c'était le frère de Mme Curtis. Il avait les cheveux coupés en brosse, il n'était pas très grand et son visage paraissait tendu mais impassible. Elle lui avait téléphoné à Philadelphie dans la matinée, il avait pris l'avion de midi pour Las Vegas, loué une voiture et fait la route jusqu'à Carmen pour être auprès de sa sœur et voir comment il pouvait lui venir en aide.

M. Curtis a serré la main de Burden, puis l'a présenté à mon père. Lequel n'a pas bronché, se contentant de lui donner une poignée de main et de dire :

— Enchanté de faire votre connaissance.

Burden avait l'air très calme. Pendant que Mme Curtis fondait en larmes, il a posé à M. Curtis et à mon père quelques questions sur l'enquête. Il écoutait, les pieds plantés dans le sol, le menton en avant, son regard intense fixé au loin sans que je sache sur quoi. Je me suis approché et j'ai regardé mon père s'efforcer d'avoir l'air aussi calme que Burden, mais la bosse au-dessus de son œil droit était en train de virer au cramoisi.

Les bus scolaires étaient de retour, et les élèves restants montaient lentement à bord. Mon père m'a fait signe d'approcher et m'a présenté à Burden. On a échangé une poignée de main. Il m'a souri en disant qu'il était ravi de me rencontrer.

Mon père a posé une main sur mon épaule et m'a demandé :

— Tu veux bien prendre la voiture de M. Burden et reconduire Mme Curtis et Mary chez elles ?

Elles se sont toutes les deux assises à l'avant, elles se tenaient par la main. Aucune des deux ne pleurait. Mme Curtis a essayé de faire la conversation.

— Mary me dit que tu es dans l'équipe de football.

— Maman !

Je ne savais pas quoi répondre. On a roulé un moment en silence.

— Tu es en terminale ?

— Oui, madame.

— Et qu'est-ce que tu voudrais faire...

Au moment où elle allait me demander ce que je comptais faire après le lycée, elle s'est interrompue. Elle s'est ravisée au milieu de sa phrase. Sans doute ne voulait-elle pas entendre parler de projets. Je me suis engagé dans leur allée et j'ai arrêté la voiture.

— Merci. Tu veux entrer ?

— Non, je vais retourner chez moi à pied.

— Très bien. Merci.

Mme Curtis n'a pas insisté. Ce que je faisais était le cadet de ses soucis. Elle s'efforçait juste d'être polie.

— Mary, je rentre.

Elle est descendue de voiture et elle a disparu dans la maison.

— Oh là là, j'y crois pas. Quand je pense qu'au final, on va se rendre compte que Ian a juste été faire un tour à Las Vegas ou une histoire comme ça ! Il n'arrête pas de faire des trucs de ce genre. Il ne dit jamais à mes parents où il va. Hier soir, quand elle a raconté qu'il se couchait à neuf heures, j'avais envie de rire. Il a déjà fait ça une fois quand on vivait dans le Mississippi et ma mère a prévenu la police. En fait, il avait rencontré un gamin dont les parents jouaient dans un orchestre pour l'un des casinos. Il avait passé la soirée à traîner avec lui, puis il avait dormi dans la chambre d'hôtel de la famille. Comme les parents travaillaient toute la nuit, ils ne se sont aperçus que Ian était là que le lendemain vers midi.

J'avais vraiment du mal à l'écouter parler de Ian. Chaque fois qu'elle prononçait son nom, je ressentais comme un coup dans ma tête. Elle parlait de lui comme s'il vivait encore. J'avais envie de lui dire qu'il était mort. J'avais envie de lui dire qu'ils n'auraient plus jamais à s'inquiéter de ses fugues.

— J'aimerais simplement savoir où il est passé.

— Il va rentrer.

Je ne voyais pas quoi dire d'autre. Elle paraissait tellement inquiète que je voulais juste la rassurer. Lui donner un peu d'espoir. C'était atroce de faire un truc pareil. Et là, elle s'est mise à pleurer. Je lui ai frotté le dos jusqu'à ce qu'elle se calme et qu'elle se contente d'une espèce de petit gémissement.

— Ma mère ne voulait pas venir habiter ici. C'est mon père qui l'a obligée. Elle voulait qu'on reste dans le Mississippi. Elle disait que là-bas, on avait des racines.

— Tout va bien, je lui ai dit.

Et tout à coup, l'air de rien, elle m'a entouré avec ses bras et m'a serré très fort. J'ai dit :

— Tout va s'arranger.

Elle ne pleurait plus, maintenant. Je la sentais se détendre. Je sentais ses seins durs contre ma poitrine. On était tous les deux assis à l'avant de la voiture à se frotter le dos quand j'ai senti ses mains remonter jusqu'à mon cou. Elle s'est mise à promener ses doigts dans mes cheveux et à me planter les ongles à l'arrière du crâne.

— Tu es gentil, elle a dit.

Je savais que c'était faux mais je ne l'ai pas contredite. Elle m'embrassait dans le cou en me faisant des petits baisers légers puis elle a continué sur la joue, très doucement, effleurant à peine ma peau. Un instant plus tard, nos lèvres étaient collées et elle glissait sa langue dans ma bouche. J'ai passé la main sous son T-shirt et je l'ai posée sur son sein. Je sentais son mamelon se raidir. Je lui ai caressé le sein, pincé le mamelon, et elle s'est mise à gémir. L'instant d'après, elle promenait ses doigts partout sur mon corps. Elle me caressait les jambes, fourrait ses mains sous mon T-shirt et touchait ma poitrine nue. On a continué à s'embrasser pendant que je remontais son T-shirt et dégrafais son soutien-gorge, que j'ai écarté. J'ai pris son mamelon dans ma bouche en faisant aller et venir ma langue. Elle a déboutonné mon jean, a glissé la main dedans et s'est mise à me caresser. J'ai passé la main dans sa culotte et senti qu'elle était mouillée. Je l'ai allongée sur le dos, elle a remonté sa jupe et baissé sa culotte. Elle m'a aidé à retirer mon jean et je me suis couché sur elle.

Elle n'a pas dit un mot quand je l'ai pénétrée. Elle s'est contentée d'expirer lentement en plantant ses ongles dans mes épaules. Je suis allé doucement d'avant en arrière puis j'ai accéléré.

— Va doucement. (Elle me caressait la tête.) Ouais, ouais, ouais.

Je savais que c'était mal, je savais que c'était une bêtise, mais une partie de moi s'en foutait. La façon dont elle promenait ses mains sur moi, ça m'a fait perdre la tête.

Elle passait ses doigts dans mon dos quand tout à coup, la voiture s'est illuminée. Des phares éclairaient l'habitacle. Je me suis dégagé d'elle et j'ai remonté mon jean en essayant de me cacher. C'était mon père qui ramenait M. Curtis et Burden dans sa voiture de patrouille. Mary s'est rhabillée en répétant :

— Merde, merde, merde.

Mon père a dû leur parler pendant un moment car les phares restaient braqués sur nous et on ne voyait personne se diriger vers la maison. Puis M. Curtis est passé à côté de la voiture avec Burden. Il m'a vu et a frappé à la vitre. Je l'ai baissée.

— Merci, a-t-il dit.

Je n'ai pas tout de suite su de quoi il me remerciait.

— De rien, monsieur.

— Tu veux bien ouvrir le coffre ?

— Pardon ?

Mon cœur a cessé de battre.

— La valise de M. Burden est dans le...

— Oh !

J'ai actionné la manette du coffre.

— Tu veux rester dîner avec nous ?

— Oh non, monsieur, c'est bon, je...

— On pourra te ramener chez toi après.

Je ne savais pas quoi dire. Il me souriait comme s'il m'était à jamais reconnaissant de l'aide que mon père et moi lui avions apportée. Ne voulant pas être soupçonné, je lui ai souri et j'ai accepté. Mary et moi, on est descendus de voiture. En refermant la portière, j'ai jeté un coup d'œil de l'autre côté et j'ai vu que les deux hommes me regardaient. Je me suis détourné pour remonter ma braguette.

On a tous marché vers la maison. Les deux hommes nous ont laissés passer devant. Je savais que c'était par pure politesse, mais je n'ai pu m'empêcher de penser qu'ils nous surveillaient.

Le salon des Curtis formait un L avec la salle à manger. Il était encombré de cartons. M. Curtis nous a expliqué qu'il venait juste de réceptionner de la marchandise. On voyait des caisses de bougies et de fleurs en plastique et, dans un coin, une pile de christs en plastique qui arrivait à mi-plafond. J'ai remarqué que leur forme permettait de les empiler facilement. Juste à côté, se trouvait un tas de croix en plastique marron peintes en imitation bois. Les christs avaient deux trous dans le dos pour être vissés à la croix.

Tous les meubles étaient flambant neufs. On aurait dit du mobilier d'hôtel. Les sièges étaient durs : ils avaient l'air confortables jusqu'à ce qu'on s'assoie dessus et qu'au bout de quelques minutes, on se tortille pour chercher une position qui permette de se détendre.

J'ai senti une odeur de poulet rôti et de pommes de terre, alors tout à coup, j'ai eu faim. On est tous allés dans la cuisine. Mme Curtis était penchée sur le comptoir en train de débiter des légumes avec ardeur, et j'ai vu qu'elle venait de pleurer.

— Mary, si tu servais quelque chose à boire à Neil et à oncle Clive ? a-t-elle proposé.

— Je veux juste de l'eau, merci, ai-je répondu.

— J'ai demandé à Neil de rester dîner, a annoncé M. Curtis à sa femme.

Mme Curtis m'a regardé comme si elle était contente que j'aie changé d'avis. Mary m'a tendu un verre d'eau et a servi un jus de raisin à Burden. Il s'est approché de Mme Curtis et lui a pratiquement murmuré à l'oreille :

— Mandy, j'ai besoin de sacs en plastique.

— D'accord.

— Je voudrais récupérer quelques objets appartenant à Ian.

— D'accord.

Elle a tendu à Burden un rouleau de petits sacs-poubelle. M. Curtis a accompagné Burden à l'étage pour lui indiquer ce qui appartenait à Ian. Je suis resté debout dans la cuisine avec Mme Curtis et Mary. Tout à coup, on a entendu Burden crier :

— Non, n'y touche pas !

Burden est revenu avec quelques effets personnels de Ian dans des sacs qu'il a rangés dans un attaché-case. M. Curtis marchait derrière lui l'air coupable, comme si c'était lui qui avait écrasé Ian.

Je suis allé dans le salon avec Mary. Elle a passé la main dans mes cheveux alors que je me dirigeais vers le canapé. On s'est assis et elle m'a regardé comme si elle n'arrivait pas à croire que je sois chez elle. J'entendais les adultes dans la cuisine. Burden interrogeait les Curtis, il leur demandait par exemple si Ian avait des ennemis ou s'il passait beaucoup de temps sur Internet, puis j'ai entendu Mme Curtis murmurer :

— Chut, je ne veux pas perturber Mary avec ça.

Mary m'a regardé en roulant des yeux puis on n'a plus entendu ce qu'ils disaient, juste ce bourdonnement interdit qui faisait mal à la tête si on essayait de le déchiffrer.

Pour finir Burden nous a rejoints et s'est assis face à Mary et moi. Personne ne disait rien. Finalement, j'ai demandé :

— Comment s'est passé votre voyage ?

Il s'est tourné vers moi et m'a fait un signe de tête. Il avait le teint blanc, à croire qu'il ne s'était jamais exposé au soleil. Sa peau ressemblait à de l'eau : elle était bleue et fine comme du papier. Elle paraissait si tendue qu'on avait presque l'impression qu'on pouvait voir à l'intérieur de son corps.

Il se contentait de siroter son jus de raisin. J'ai compris qu'il n'était pas du genre bavard. Mary a fini par lui poser une question :

— Alors, oncle Clive, comment ça va, le boulot à Philly ?

Il a regardé Mary et lui a souri.

— Bien. Et toi, tu travailles dur au lycée ?

— Non, pas vraiment.

On s'est mis à table. Comme il n'y avait que quatre chaises, ils sont allés en chercher une dans le salon pour Burden. Un petit jeu vidéo était posé sur la table devant moi. En le voyant, j'ai compris que j'étais assis à la place de Ian.

On a tous joint nos mains pendant que M. Curtis disait une prière. Il a demandé à Dieu de donner à sa famille le courage et la force d'accepter tout ce qui résulterait de Sa volonté. Puis Mme Curtis s'est mise à pleurer. Au début, je n'étais pas sûr qu'elle pleure, elle avait presque l'air de rire, le visage crispé et un doigt sur la lèvre supérieure. Puis son doigt a blanchi et tout à coup, je me suis senti coupable parce que j'ai compris qu'elle retenait ses larmes à cause de moi. Elle ne voulait pas pleurer devant un invité. Elle a quitté la table et a disparu dans la cuisine. On attendait tous que M. Curtis aille la réconforter mais il ne l'a pas fait. C'est Burden qui s'en est chargé. J'ai su précisément à quel moment il a pris sa sœur dans ses bras, parce que c'est là qu'elle s'est mise à lâcher de gros sanglots haletants.

M. Curtis a posé ses couverts et est resté à regarder ses mains, alors j'ai fait pareil.

— Tu peux continuer.

C'était Mary qui me disait ça mais de toute façon, je n'avais plus faim. Elle voulait me mettre à l'aise, et plus elle essayait de faire en sorte que tout aille bien, plus j'avais envie de quitter la maison en hurlant. On est restés assis, Mary, son père et moi, à regarder nos mains pendant que de l'autre côté de la cloison, Mme Curtis pleurait dans les bras de son frère.

14

M. Curtis a proposé de me ramener en voiture mais je lui ai dit que je préférais rentrer à pied. Mary m'a raccompagné dehors et quand elle a tenté de m'embrasser au bout de l'allée, je me suis écarté.

— À demain, je lui ai dit. (Elle avait l'air triste.) Ça va ?

— Non.

J'avais envie de fuir. J'avais envie de me mettre à courir sur la route, de dépasser la maison de mon père, de traverser Carmen et de continuer. J'avais envie de courir jusqu'en Alaska, jusqu'à ce que l'air gèle dans mes poumons et me pique le visage, jusqu'à ce que je me réveille de ce cauchemar.

Comme la route était bordée d'un fossé, je longeais la chaussée. Quand une voiture m'a dépassé, j'ai sauté dedans. Je n'aimais pas ça à cause des serpents. Il y en avait beaucoup, surtout la nuit. À onze ans, j'avais été mordu par un petit crotale. Le temps qu'on s'aperçoive de la morsure, c'est déjà fini, le serpent est parti et on se roule par terre en hurlant à la mort.

Je marchais dans l'obscurité en écoutant les avions passer au-dessus de ma tête. Le frère aîné du Pingouin, Nathan, avait appartenu à l'Air Force. Il avait été pilote lors d'une guerre quelques années plus tôt pour protéger un pays d'un autre, j'ai oublié lesquels. Deux semaines après son retour, il s'est engueulé avec un type dans un bar de Vegas et quand ils sont sortis régler ça dehors, les copains du type lui sont tombés dessus. Depuis, Nathan se promène en chaise roulante. Il représentait un plus grand danger pour lui-même en permission que seul dans son avion à lâcher des bombes sur des zones industrielles.

Je n'arrêtais pas de penser à mon père qui était descendu de voiture pour serrer la main de M. Banks. Ça me mettait en colère. Je me souvenais du soir où ils s'étaient rencontrés dans l'allée. Le soir où mon père avait vu M. Banks m'ébouriffer les cheveux. Il venait de rompre avec une certaine Carol, une serveuse de cocktails au Caesar's Palace. Plus tard, mon père m'avait lancé un regard noir. Comme je ne jouais plus au football avec lui, il se retrouvait tout seul. On est rentrés, il s'est préparé un pichet de Green Russians et il a commencé à se bourrer la gueule. Je suis monté dans ma chambre. Un jour, je lui avais demandé l'autorisation de mettre un verrou à ma porte mais il avait refusé. Je l'entendais aller d'une pièce à l'autre en bas comme s'il cherchait comment il aurait pu s'y prendre autrement avec Carol.

Au bout d'un moment, je l'ai entendu monter l'escalier qui mène à ma chambre. Il était furieux. Il faisait semblant d'être calme, de vouloir simplement avoir une discussion entre père et fils, mais je voyais bien qu'il cherchait juste un motif pour exploser. Il m'a dit qu'il n'aimait pas les Banks. « Ce type n'a aucun respect pour lui-même, à esquinter son corps comme ça avec ses tatouages. » Il m'a dit que M. Banks n'était pas un bon père et qu'il ne voulait pas que je fréquente *ces gens-là*. « Tel père tel fils », a-t-il ajouté, ce qui m'a effrayé plus que tout. Il m'a raconté que M. Banks avait fait de la prison. C'était vrai. Reed m'avait expliqué qu'il était resté cinq ans et huit mois dans un pénitencier de Californie pour vol à main armée, que c'était pour ça qu'ils avaient quitté Bakersfield : pour repartir de zéro.

Le lendemain, à l'école j'avais voulu éviter Reed, mais c'est difficile quand on est assis côte à côte en classe. Je savais que je ne devais pas croire mon père mais après ça, je regardais Reed d'un autre œil. Je me demandais si lui aussi irait en prison. J'avais envie de le haïr mais je n'y arrivais pas, une partie de moi refusait de croire qu'il serait peut-être condamné un jour. C'était mon meilleur ami. Quand il m'avait raconté que son père était resté absent pendant près de six ans et qu'il était revenu, mon cœur s'était mis à battre à toute allure. Reed m'avait donné l'espoir qu'un parent puisse revenir.

Ce soir-là, je suis allé chez lui et on s'est entraînés dans le jardin. Quand M. Banks m'a raccompagné, je lui ai demandé de me déposer à l'épicerie minable à un kilomètre de chez mon père. Je lui ai expliqué que je devais faire des courses et que je rentrerais à pied. Au bout de quelques semaines, mon père avait une nouvelle petite amie et il n'a plus remarqué que je n'étais jamais là, mais je m'arrangeais toujours pour que M. Banks n'aille pas jusqu'à la maison. J'étais terrifié à l'idée qu'il croise mon père, terrifié de ce que mon père pourrait dire.

De temps en temps, Reed avait simplement envie de s'amuser dans le jardin, de me courir après et de m'arroser avec le tuyau mais à compter de ce jour-là, j'ai eu peur de m'amuser. C'était une attitude irresponsable. Je ne voulais pas que Reed aille en prison.

Alors on s'entraînait.

On s'entraînait à répéter des passes. J'ai emprunté un appareil au lycée et je le chronométrais sur cinquante mètres. Je l'obligeais à travailler sa vitesse et je l'engueulais quand il lâchait le ballon. Il me regardait d'un air perdu, comme s'il ne comprenait pas ce que je faisais, mais je ne pouvais pas le lui expliquer. Je ne pouvais pas lui expliquer que j'essayais de l'empêcher de mal tourner.

En approchant de la maison, j'ai aperçu de la lumière. Je ne voyais ni Kimmy ni mon père mais je savais qu'ils étaient là. J'ai ralenti et j'ai écouté le gravier crisser sous mes pieds. J'écoutais les criquets et j'aspirais l'air frais et sec, soufflant ensuite doucement. J'ai mis la main sur la poignée de la porte, que j'ai tournée. Et la première chose que j'ai entendue, ça a été un rire.

15

Ils riaient tous les deux.

— Non ! Pas ça ! Arrête !

Mon père poursuivait Kimmy dans le salon. Je me suis arrêté à la porte de la cuisine et j'ai écouté. Je me demandais s'il me parlerait un jour de Ian. Je me demandais s'il ferait à jamais comme si de rien n'était. Je ne savais pas quoi en penser. La veille, il était saoul. Regrettait-il son geste, maintenant qu'il était sobre ? Je me suis même demandé s'il s'en souvenait. Je suis allé jusqu'au salon et je les ai regardés. Kimmy était sur le dos, elle gloussait, il était à califourchon sur elle et lui chatouillait les côtes.

— Arrête !

Elle riait comme au début de leur histoire, et lui aussi riait de cette espèce de ricanement grave. Il y avait sur la petite table deux verres où les glaçons étaient presque fondus. Mon père m'a vu et m'a souri. Je l'ai dévisagé jusqu'à ce que son sourire s'évanouisse.

— On t'a gardé de la viande, a-t-il dit.

J'ai compris qu'il ne savait pas encore que j'avais quitté l'équipe de football.

— Les Curtis m'ont invité à dîner.

J'ai dit ça en le regardant droit dans les yeux. Je me moquais de la distance à parcourir, je voulais savoir s'il y avait quelque chose à découvrir tout au bout de ce chemin.

— Des gens bien, a-t-il dit en caressant l'arrière de la tête de Kimmy.

Kimmy nous regardait, elle sentait la tension entre nous.

— Il y a de la tarte dans le frigo, a-t-elle dit, comme si une tarte pouvait aider.

— Je vais faire mes devoirs.

Je suis monté, j'ai enfilé mon casque et j'ai mis Nirvana. J'ai écouté « Tourettes » de *In Utero*. Je ne comprenais rien à ce que hurlait Kurt Cobain. On aurait dit : sans cœur ! sans cœur ! sans cœur !

J'ai regardé la photo de ma mère. Elle s'appelait Honey. J'ai lu la lettre qu'elle m'avait envoyée pour mes cinq ans.

Cher Neil,

Joyeux anniversaire ! Je veux que tu saches que je t'aime très fort, et que ton papa t'aime aussi. Je regrette de ne pas être avec toi, mais sois un bon garçon et sache que ton papa t'aime très, très fort.

Baisers.

MAMAN

Son écriture était étrange. Tous les J se prolongeaient par une boucle fantaisie qui paraissait se redresser et prendre son envol, comme si elle allait décoller de la page. Je ne sais pas pourquoi mais ça m'a fait penser aux hommes qui faisaient les cent pas devant l'Hollywood Theater avant un concert de Neil Diamond. Ils avaient tous le même regard, comme s'ils avaient reçu exactement la même lettre que moi. Je voyais cette lettre inscrite sur leur visage. Ils étaient habitués à ces sorties définitives où, lorsque la fille refermait la porte derrière elle, on l'entendait presque soupirer de soulagement. Ça me tuait de reconnaître ce regard, car je haïssais ces hommes. Ils me faisaient peur. Abandonnés, perdus à jamais, essayant de garder la tête hors de l'eau alors qu'ils sombraient peu à peu, comme si on les tirait par les pieds et qu'ils prenaient une dernière bouffée d'air avant que le monde les engloutisse et les recrache tout au bord. Pendant ces quelque quatre-vingt-dix minutes, Neil Diamond leur donnait l'illusion qu'ils comptaient, ou peut-être simplement qu'ils existaient. Qu'ils étaient bien là, qu'on ne les oubliait pas. Ses chansons exprimaient une bataille personnelle, des cris qui surgissaient du tréfonds de son ventre couverts de paillettes et de sentiments à la guimauve. Ils savaient qu'ils ne seraient jamais Elvis, en revanche ils essayaient tous d'être Neil Diamond, ce juif maigrichon de Brooklyn, le plus merveilleux chanteur de bar au monde.

Mon père était en train de hurler de rire. Il hurlait comme un fou, comme s'il essayait de croire encore à ce à quoi il croyait autrefois. C'était un rire du souvenir. Il hurlait, elle gloussait, et ils faisaient comme s'ils n'étaient pas effrayés l'un par l'autre.

Assis sur mon lit, je comprenais ce rire. Mon père était soulagé. Il me contrôlait, maintenant. Il avait enterré le cadavre, et maintenant, on partageait un secret. On était liés par Ian Curtis et je ne serais plus jamais libre. Je l'entendais hurler de soulagement au rez-de-chaussée.

Alors que je regardais fixement la photo de ma mère, je sentais qu'elle me regardait, elle aussi. Elle était déçue. Elle se détournait et elle partait, elle s'effaçait jusqu'à ce que je ne voie plus qu'un petit garçon de trois ans, les bras levés, sans personne pour le soutenir.

Elle était partie et je ne parvenais pas à l'accepter. J'avais besoin de croire qu'un jour, la sonnette retentirait, que j'ouvrirais la porte et qu'elle serait sur le seuil en train de me sourire. Puis elle me prendrait dans ses bras, on se mettrait à rire et toute la douleur s'envolerait. En un instant, tout serait fini, je monterais en voiture et on partirait. On irait voir l'endroit où j'avais fait une passe de cinquante-quatre mètres. Je lui montrerais celui où j'avais embrassé Lenore pour la première fois. Je lui montrerais tous ces endroits où j'avais essayé de m'accrocher à mon innocence. Puis je lui montrerais où j'avais tué Ian Curtis sur la route, elle me serrerait dans ses bras et me dirait que j'étais pardonné. Peut-être même qu'elle me dirait que ça ne s'était pas vraiment passé, que rien ne s'était vraiment passé, que ce n'était qu'un rêve. Ensuite on quitterait Carmen et on roulerait pendant des jours jusqu'à ce que le passé s'anéantisse dans le lointain et que je ne me sente plus seul. On roulerait jusqu'à disparaître dans l'air léger.

Mardi

16

Mon père tapotait sur le volant et fredonnait « I Think It's Going to Rain Today » en même temps que Neil Diamond, un morceau de l'album *Stones* de 1971 chez MCA. Il me conduisait à l'entraînement de football. Je ne lui avais pas dit que j'avais quitté l'équipe, je ne savais pas comment m'y prendre.

Il a ralenti. J'ai vu la voiture de Burden garée au bord de la route. Pendant qu'on s'arrêtait, j'ai remarqué les traces de pneus ainsi que les profonds sillons dans le gravier que j'avais laissés l'avant-veille. Burden arpentait les broussailles en décrivant des cercles lents. Il portait une vieille chemise de golf, un pantalon kaki et un ridicule casque colonial qu'il avait sans doute emprunté à M. Curtis pour se protéger les yeux du soleil.

— Reste ici.

Mon père est descendu de voiture et s'est avancé vers lui. J'ai baissé ma vitre. Burden a relevé la tête au moment où mon père s'approchait. Il avait l'air en colère mais il donnait l'impression de vouloir se contenir.

— Bonjour, a dit mon père.

Burden a écarté les bras comme s'il voulait embrasser le désert tout entier.

— Nous sommes sur une scène de crime, a-t-il déclaré. Les jeunes n'avaient pas à participer aux recherches dans ce lieu.

Mon père s'est crispé. Je n'avais pas besoin de voir son visage pour savoir que le bourrelet rougissait sur son front. Burden a désigné quelque chose par terre. Il avait dans les mains une truelle et un Tupperware dont il a retiré le couvercle. À l'intérieur, se trouvait une pierre.

— C'est du sang. Et regardez ça. (Il a montré les traces de pneus et les sillons dans le gravier.) Regardez, ils ont foulé le sol partout à cet endroit. Qui sait combien de preuves vous avez fichues en l'air !

Mon père se tenait immobile, sans défense. Il l'avait fait exprès. Il avait voulu détruire toutes les preuves existantes. Il avait fait des élèves du lycée de Carmen ses complices.

Burden désignait du doigt des empreintes de pas qui croisaient les traces laissées par les recherches, des empreintes qui partaient de la route.

— Elles peuvent provenir de la personne qui a tué... allez savoir quoi.

— Très probablement un animal.

Burden est devenu silencieux. Il a regardé dans le lointain, puis il s'est tourné vers mon père et lui a demandé :

— Après avoir tué un animal, combien de personnes descendent de voiture pour le ramasser ? De plus, il n'y a pas la moindre carcasse ici. Seulement du sang. Et le corps n'a pas été traîné par terre.

— Eh bien, nous allons vérifier tout cela.

Mon père a voulu prendre le Tupperware des mains de Burden. Qui a reculé.

— J'ai un type à Vegas qui me fera ça, a-t-il annoncé.

— Je pense qu'il vaut mieux que vous me donniez ce récipient. (Ils se sont dévisagés une minute.) Je vous suggère très fortement de me donner ce récipient, monsieur Burden, ou je vous dénonce pour entrave au bon fonctionnement de la justice.

Burden a lancé un regard étonné à mon père. Il faisait presque trente centimètres de moins que lui, mais il n'a pas cillé. Finalement, il a tendu le Tupperware à mon père, qui est revenu vers la voiture. Burden l'a suivi et a dit :

— Cet endroit devrait être fermé par un cordon de police.

Mon père s'est brusquement tourné vers lui. Ils étaient juste devant la voiture.

— Je pense qu'il serait souhaitable qu'à partir de maintenant, vous vous teniez à l'écart de mes affaires, a-t-il déclaré.

Le regard de Burden s'est arrêté sur le capot de la voiture.

— L'un de vos clignotants est cassé.

Mon père a baissé les yeux vers le clignotant gauche, brisé par le corps de Ian au moment de l'impact. Il l'a observé un moment, puis a relevé la tête, est remonté en voiture et a posé le Tupperware sur mes genoux.

— Tiens-moi ça.

J'ai senti le regard de Burden sur nous alors qu'on reprenait la route et qu'on s'éloignait.

On est arrivés sur le parking du lycée. Plusieurs pères discutaient devant l'entrée. Toutes les têtes se sont tournées vers nous quand on est descendus de voiture.

— Bonjour, messieurs.

Mon père a serré quelques mains. Les hommes me jetaient des coups d'œil. C'est M. Jericho qui a parlé :

— Quelle surprise !

— Pourquoi ça ? a demandé mon père.

— Je croyais qu'il avait quitté l'équipe.

La tête de mon père a jailli dans ma direction. À cet instant, Ulster est sorti du lycée et s'est avancé vers nous.

— Comment ça va, Chester ?

Ulster s'entendait très bien avec mon père.

— À vrai dire, je sais pas trop. Je viens juste d'apprendre la nouvelle.

Tous me regardaient maintenant, mais je ne savais pas quoi dire.

— C'est une honte. On en pleurerait. Mais avec tout le respect que je vous dois, Chester, je pense que votre garçon n'était pas dans son assiette hier, et il se peut que nous ayons eu un problème de communication.

Mon père s'est tourné vers moi et m'a examiné, comme si ce que disait Ulster était une surprise pour lui. Il avait l'air ahuri et préoccupé.

— Si Neil accepte encore de jouer, peut-être pourrait-on enterrer la hache de guerre et oublier tout ça. On a un match important samedi, il faut désormais penser en termes d'équipe.

Ce n'est pas que je n'aimais pas le football. J'adorais ça. Le soir pour m'endormir, je m'imaginais faire une passe jusque dans la zone de but. Ça me donnait l'impression d'exister. Peut-être que c'était ça, le problème. Peut-être que tout d'un coup, je ne voulais plus exister. Peut-être que je ne voulais plus éprouver quoi que ce soit qui me rende davantage conscient de mes erreurs. Or, le football me rappelait que j'avais tué Ian Curtis. Je voulais juste être comme les autres. Je voulais être innocent.

Je n'arrivais pas à regarder ces hommes. Ils m'offraient une seconde chance et moi, je les défiais. Je les prenais en otages de ma décision, et ils m'en voulaient. Surtout mon père. Si quelque chose nous liait, c'était bien le football. Tout ce à quoi j'ai pensé, c'est à l'argent qu'il dépensait pour que je mange de la viande. C'est grâce au football que j'étais habillé et nourri. Je jouais au football pour rester en vie. Je savais que tant que je jouais bien, je serais à l'abri. Mais ce n'était plus possible. Alors j'ai refusé.

Au moment où mon père remontait dans sa voiture, je me suis retourné. Il me regardait fixement. Quelque chose a quitté ses yeux, l'espace d'une brève seconde, son regard lointain a disparu et je n'y ai plus vu que de la peur. Je me suis dit que c'était mon imagination mais je n'ai pu chasser cette vision. Il avait l'air d'avoir peur. Mais peur de quoi ? De moi ? Ça paraissait incroyable, pourtant ça avait l'air vrai. Mon père avait peur de moi.

J'ai longé le couloir en baissant la tête quand je croisais des coéquipiers qui allaient à l'entraînement. Le lycée était désert. Au bout du couloir, j'ai vu le concierge qui lavait par terre. C'était un vieux bonhomme au visage profondément ridé. Je me suis aperçu que je ne l'avais jamais entendu parler à quiconque. Chaque jour, il nettoyait le sol ou recouvrait des inscriptions d'une couche de peinture tandis que nous autres, on se contentait de passer près de lui. J'ai pensé à tous les dégâts que j'avais faits et qu'il avait dû réparer. Je me suis souvenu du jour où j'avais gribouillé partout sur les murs d'une cabine de W-C avec un marqueur. Il ne se plaignait jamais. Il ne disait jamais rien. Il arrivait avec son rouleau et il effaçait nos bêtises. J'ai eu envie de le remercier, de m'excuser pour tous les soucis que je lui avais causés, mais en m'approchant, je me suis senti de plus en plus mal à l'aise. Peut-être qu'il allait croire que je me moquais de lui. Je me sentais extrêmement gêné maintenant d'avoir écrit partout sur cette cabine de W-C. Quand je suis passé à côté de lui, il m'a regardé et j'ai tourné la tête.

J'ai atteint mon casier de terminale. Je me suis souvenu de ma première journée au lycée de Carmen. J'étais sur les nerfs et je m'étais bagarré avec un gars qui m'avait bousculé. Je voulais que tout le monde sache que j'étais un dur. Je ne voulais pas que les autres croient qu'ils pouvaient tout se permettre avec moi.

Des pas ont retenti dans mon dos. Je me suis retourné et j'ai vu Stokely approcher avec Mme Doyle, ma prof principale, et M. Curtis.

L'espace d'une seconde, j'ai pensé qu'ils savaient, que mon père leur avait tout dit et qu'ils venaient m'arrêter. Ce n'était pas de la peur que j'avais lue dans ses yeux, mais de la colère. Il en avait marre d'avoir un fils qui ne faisait pas ce qu'il lui disait de faire. Il acceptait de réparer mes conneries à condition que je lui fasse une faveur : jouer au football. Mais je l'avais trahi, alors tout était fini.

J'ai remarqué que Stokely tenait à la main une pince en métal.

— Bonjour, Neil, a dit Mme Doyle.

— 'jour.

Ils se sont arrêtés devant un casier juste à côté de celui qui m'appartenait autrefois.

— C'est celui-là, a-t-elle dit.

Stokely a actionné la pince et brisé le cadenas.

M. Curtis avait l'air épuisé mais il gardait la tête haute. Comme s'il devait tenir bon alors qu'il n'avait qu'une envie : dormir plusieurs jours d'affilée. Il m'a regardé droit dans les yeux et j'ai compris qu'il savait pour le moule-cul. Il n'a rien dit. Il avait juste l'air triste. Il m'avait invité à dîner et traité décemment, puis il avait appris comment j'avais traité son fils.

J'ai tourné les talons et je suis parti en douce dans le couloir. Ils cherchaient des indices dans le casier de Ian, quelque chose qui puisse leur indiquer où il se trouvait. Je savais que son casier ne contenait rien en rapport avec l'endroit où il était maintenant. Que Stokely se contentait d'exécuter les ordres de mon père.

Je suis allé m'asseoir à la bibliothèque. Les yeux rivés sur la pendule, j'ai attendu que la cloche sonne. Deux élèves sont arrivés en riant et le bibliothécaire leur a dit de se calmer. Il y avait un livre sur l'Oregon près de moi, et d'après les photos, cet État avait l'air beau avec ses forêts, ses côtes et ses grands espaces. J'ai imaginé que je prenais un car jusque là-bas, que je trouvais du boulot dans une scierie, disparaissais et changeais d'identité. J'étais en train de me demander quel nom je choisirais quand Lenore est entrée dans la bibliothèque avec Jill Menzies. J'ai fait semblant de lire jusqu'à ce qu'elle s'assoie à côté de moi. Je m'attendais à ce qu'elle me dise que j'étais un imbécile d'avoir quitté l'équipe, qu'elle ne voulait plus me voir. Peut-être aussi qu'elle ne voulait plus me voir à cause de ce que j'avais fait à Ian Curtis l'autre soir.

— Salut, elle a lancé.

Elle portait un T-shirt blanc et une jupe bleue. Jill n'était plus avec elle, et j'ai su que Lenore avait quelque chose à me dire. Ce n'était pas le genre de fille à planter ses amies dès qu'elle apercevait son petit copain.

— Salut.

Il y a eu un long et douloureux silence.

— J'ai beaucoup réfléchi à l'autre soir, elle a dit. Et je pense que peut-être on devrait... tu sais.

Je regardais une photo de l'Oregon. Je regardais les arbres et je m'imaginais au sommet de l'un d'eux, très loin de Carmen.

— Dis quelque chose, elle a demandé. (Elle m'avait pris la main.) Neil, qu'est-ce qui ne va pas ?

— Rien.

— Je croyais que c'était ce que tu voulais.

Comment pouvais-je lui dire que les choses avaient changé, que je ne pouvais plus faire ça, que tout allait mal ?

— Neil, je t'aime. (Elle me serrait la main.) Je me moque que tu joues au football ou non. Je suis ta petite amie, je t'aime et je t'aimerai toujours. Je voulais juste que tu saches ça. (J'ai eu envie de pleurer quand elle a dit ça mais je ne l'ai pas fait, je me suis contenté de regarder fixement l'arbre sur la photo.) Dis-moi quelque chose.

— Je ne sais pas quoi dire.

Jill Menzies nous observait en faisant mine de lire un livre. Je suis resté près de Lenore sans rien dire, à lui tenir la main.

— Tout va s'arranger, elle m'a rassuré.

À la façon dont elle a dit ça, je l'ai presque crue. Puis je me suis surpris moi-même. J'ai relevé la tête, j'ai voulu lui dire que je l'aimais moi aussi, mais en voyant ses yeux, je n'ai pas pu.

— Qu'est-ce que tu allais dire ?

J'avais envie de fuir. J'aurais tant voulu être au sommet de cet arbre. Pourquoi faisait-elle ça ? Elle ne comprenait donc pas ? Je voulais juste qu'on me laisse tranquille. Elle avait la main sur ma cuisse. Elle me caressait mais ça ne me faisait aucun effet. Je n'arrêtais pas de penser au regard qu'elle m'avait lancé quand elle était partie dans la cuisine avec Amy, et maintenant, elle me pardonnait, elle s'offrait à moi. J'ai pensé à Mary. J'ai pensé à ce que j'avais fait avec elle la veille au soir et j'ai senti mes yeux me brûler. Lenore voulait coucher avec moi et tout ce dont j'avais envie, c'était de fuir. Je lui en voulais de me pardonner comme ça. J'en voulais au monde entier de m'avoir sans cesse pardonné jusqu'à ce qu'il soit trop tard. J'en voulais à tous ceux qui avaient un jour ri de mes bêtises, les avaient encouragées ou bien avaient refusé de les voir. Je leur en voulais à tous de la mort de Ian Curtis. Cela faisait des années que je fuyais ce meurtre, bien avant que les Curtis débarquent à Carmen.

17

J'étais assis dans ma salle de classe. Clyde et Dayton s'étaient remis à crier et à m'emmerder. Mme Aemes leur a dit de se taire et moi, je me suis contenté de les ignorer. Pendant les annonces du matin, Ulster a récité une prière pour Ian Curtis et sa famille. Plusieurs élèves discutaient de l'endroit où il pouvait se trouver. J'ai vu deux filles pleurer dans le couloir en disant que tout ça était affreux, mais ce n'était déjà plus pareil. On avait repris les cours. L'effet de surprise s'était dissipé. Personne n'avait envie de passer à nouveau dix heures tête baissée dans le désert. On ne savait pas où était Ian et chacun se disait que ses chances de devenir un héros en trouvant un cadavre s'amenuisaient d'heure en heure.

Je connaissais la prière d'Ulster. C'était en gros celle qu'il nous balançait avant un match. Il a dit que Dieu avait un dessein, qu'il voulait le meilleur pour chacun de nous, et que parfois, quand on avait l'impression de ne pas pouvoir y arriver, il fallait tendre la main vers Jésus et accepter qu'il nous porte sur les derniers mètres. Il a conclu avec le psaume « Quand je marche dans la vallée de la mort, je ne crains aucun mal ». À la fin de la prière, plein d'élèves pleuraient et Mme Aemes pleurait plus fort que tout le monde. Elle nous a dit qu'elle nous aimait beaucoup, qu'on ne pouvait pas être prof si on n'aimait pas ses élèves, tous autant qu'ils étaient. C'était l'une des rares profs à pouvoir dire une chose pareille et que ça paraisse crédible.

Elle nous a demandé de mettre nos tables en carré pour qu'on puisse chacun à notre tour évoquer la perte. Je me suis excusé pour aller aux toilettes au moment où Debra Ives parlait de son frère, qui avait été jockey. Il était mort sur le champ de courses de Belmont. Il s'était fait coincer, son cheval avait pris peur et essayé de sauter par-dessus un autre. Il avait été éjecté de sa selle, s'était brisé la nuque et il était mort sur le coup. Debra a déclaré à tout le monde qu'elle n'en voulait pas au cheval. C'est là que j'ai dû m'excuser et sortir. Le cheval que son frère montait s'appelait Croque-mitaine. Elle a dit ça négligemment, et j'ai cru que Mme Aemes allait relever cette merveilleuse ironie.

Je suis allé aux toilettes et je me suis assis sur le siège. J'avais mal à la tête et je respirais avec difficulté. J'ai essayé de me détendre. J'étais dans le même état que lorsque le score était presque à égalité, que le compte à rebours avait commencé et que je cherchais à percer la défense adverse. Pourtant, je n'avais rien à craindre. Mon père était shérif et il s'était débarrassé du cadavre. Il s'occupait de tout. Je n'avais rien à faire. Je n'avais qu'à rester en classe à écouter tout le monde parler de la perte. J'avais juste à faire comme si je n'étais pas un assassin.

Quand je suis revenu en cours, Tracey Beckwith parlait de son chien Justin, qui était mort de vieillesse. Tout le monde a attendu patiemment qu'elle nous raconte l'histoire de Justin, un bâtard qu'elle avait été chercher à la Carmen Human Society quand elle avait six ans. Tracey Beckwith, rousse, près d'un mètre quatre-vingts, était costaude et couverte de taches de rousseur. Certains élèves, dont je faisais partie, l'avaient surnommée la Grande Rousse. À l'automne précédent, Tracey avait fait une tentative de suicide en avalant les pilules amaigrissantes de sa mère. Pendant son séjour à l'hôpital, il y avait eu une réunion des élèves et des professeurs à la cafétéria où on nous avait clairement avertis que celui qui lui dirait quelque chose pouvant être mal interprété serait exclu du lycée. Depuis, tout le monde évitait Tracey, sauf quelques-uns qui en rajoutaient dans la gentillesse. C'était répugnant. Avant sa tentative de suicide, personne ne voulait s'asseoir près d'elle à la cafétéria, maintenant, on l'invitait à sa table et on lui cédait même sa place. Je pense qu'il n'y a rien de pire que d'être traité différemment. Je n'allais encourager personne à l'appeler la Grande Rousse mais ce qui m'énervait le plus, c'est que la plupart des professeurs n'étaient que des hypocrites. Ils ne s'intéressaient pas plus à Tracey que nous, ils avaient simplement besoin de boucs émissaires parce que c'est beaucoup plus facile de blâmer des élèves que de se pencher sur les vrais problèmes. Il suffisait de regarder la famille de Tracey pour se rendre compte que ses troubles remontaient à bien plus longtemps que son surnom de Grande Rousse. Je me souviens d'avoir vu comment son père l'embrassait un jour où il l'avait conduite à une fête. Je me souviens aussi de lui avoir jeté un coup d'œil en cours d'hygiène, quand le professeur avait parlé de *gestes déplacés* : elle donnait l'impression d'être au milieu du brouillard. Après avoir vu comment son père l'embrassait, je ne pouvais pas lui reprocher d'avoir voulu avaler tout un flacon de pilules de régime.

À la fin du cours, ils pleuraient tous et j'avais l'impression d'avoir tué le chien de Tracey, l'oncle de Judd Greely, la grand-mère d'Heidi Miller et le frère de Debra Ives. J'avais l'impression d'être responsable de toutes ces larmes. J'avais les yeux secs, je regardais mes mains et je haïssais les autres d'avoir le droit d'exprimer leur douleur. J'avais envie de leur parler de la perte. Ils ignoraient ce que c'est d'avoir quelqu'un qui franchit le seuil de la maison et dont on n'entend plus jamais parler. Oui, j'avais une ou deux choses à dire sur la perte. Les Curtis et moi, on avait des choses à dire.

18

— Je sais qu'Ulster est une peau de vache, mais tu ne vois pas ce que tu es en train de faire ? (Reed m'était tombé dessus au moment où j'entrais dans la cafétéria, et il avait insisté pour qu'on parle. Il était maintenant assis au volant de sa Plymouth Fury 1975 et faisait de grands gestes avec ses mains.) Dans dix ans, tu l'auras oublié, tu repenseras à ça et tu te diras que t'as fait une grosse erreur...

Il parlait tout le temps d'Ulster, comme s'il essayait de se convaincre que c'était à cause de lui que je quittais l'équipe.

Le père de Reed avait retapé cette voiture et la lui avait offerte pour ses seize ans. C'était un monstre bleu nuit à huit cylindres avec un moteur 318 et un habitacle complètement rénové. M. Banks avait appris à son fils à l'entretenir, à changer l'huile et à effectuer une révision complète. Il était très patient, et il vérifiait toujours que Reed comprenait bien chaque étape. Mon père n'était pas très bon professeur. Une fois, il m'avait réveillé au milieu de la nuit pour m'apprendre à me raser. J'avais douze ans. Je ne pense pas qu'il se rappellerait la scène, et comment je le soutenais alors qu'il étalait la mousse à raser sur mon visage. Je lui avais dit que j'avais envie de dormir, mais il m'avait répondu qu'il me préparait à devenir un homme. Il n'arrêtait pas de répéter que je pouvais lui demander tout ce que je voulais. « Demande-moi tout ce que tu veux », il répétait, comme s'il y avait quelque chose que je devais absolument savoir.

— Je n'ai plus envie de jouer. Je n'ai plus envie, c'est tout.

J'étais incapable de regarder Reed, alors je fixais le porte-clés en plastique de l'université de Las Vegas accroché à son rétroviseur. Je le lui avais donné cinq ans plus tôt. Je l'avais acheté à Las Vegas quatre-vingt-dix-neuf cents après un concert de Neil Diamond. Le jour où son père lui avait offert cette voiture, il était venu jusque chez moi, et le porte-clés était accroché au rétroviseur. Je ne savais même pas qu'il l'avait encore. J'aurais préféré qu'il l'ait perdu. L'objet se balançait comme un pendule dans l'air climatisé et me donnait la migraine.

— Mais on ne parlait que de ça... Ce que je veux dire, c'est... (je savais ce que Reed allait dire)... et nous ?

C'est la première fois qu'il prononçait ce mot. J'avais envie de faire comme si je ne comprenais pas où il voulait en venir, comme s'il disait n'importe quoi. J'avais envie de hurler : « Tu ne sais donc pas ce que j'ai fait ? » Mais je me suis contenté de répéter :

— Je n'ai plus envie de jouer.

— À cause d'Ulster ?

Je commençais à m'énerver. J'avais envie de lui dire que oui, mais je savais que si je n'invoquais que cette raison pour quitter l'équipe, il ne me lâcherait pas.

— Non.

— Pourquoi, dans ce cas ?

Pourquoi ? C'était une question à laquelle je ne pourrais jamais répondre. Je n'avais aucune raison valable, en tout cas aucune qui donne satisfaction à Reed. J'en ai quand même trouvé une :

— À cause de mon père.

On ne parlait jamais de mon père, mais Reed avait remarqué combien j'étais silencieux en sa présence et tendu quand je l'avais au téléphone.

— Il me pousse depuis toujours, et j'en peux plus. J'en peux plus de faire tout ce qu'il me dit de faire. Je n'ai plus envie de jouer, c'est tout. Je veux simplement qu'on me foute la paix.

Je ne comprenais pas pourquoi mes paroles sonnaient creux. Tout était vrai, mais quand j'ai entendu ces mots sortir de ma bouche, ça m'a paru ridicule. Je ne savais pas pourquoi, mais ce que je savais, c'est qu'il ne me croyait pas.

— Et c'est tout ?

— C'est tout quoi ?

— C'est pour ça que t'arrêtes ?

— Pour ça quoi ?

— Tu vois pas ce que tu fais ? Tu fous ta vie en l'air parce que t'es furieux contre ton père !

Je me souvenais de la façon dont mon père avait refermé le coffre puis rejoint les Curtis d'un pas lourd, calme, plein d'autorité, comme si de rien n'était. Ensuite, le cadavre avait disparu. Ça me terrifiait. J'ignorais de quoi mon père était capable. Je n'arrêtais pas de l'entendre me dire de garder mes distances avec *ces gens-là* et tout à coup, je comprenais qu'il ne parlait pas des Banks. *Ces gens-là*, c'était tout le monde sauf lui. Il voulait me contrôler, contrôler ma vie. Mais pourquoi ? De quoi avait-il peur ?

— On dirait que t'as un secret que tu ne veux pas me dire. Tu vois, je ne sais même plus si on est encore amis. (Reed ne quittait pas le porte-clés des yeux.) On était si proches.

Ne sachant pas quoi répondre, j'ai tout simplement éludé la question.

— Mais je viens de t'expliquer.

— Je veux juste comprendre ce qui se passe. J'ai l'impression d'avoir fait quelque chose de mal.

— Tu n'as rien fait de mal.

Il a sorti une feuille de papier de sa poche et me l'a tendue.

— Tiens. (J'ai voulu la déplier.) Lis-la plus tard.

Je l'ai mise dans ma poche. Reed a poussé un soupir.

— Je suis au courant pour le blouson que le recruteur t'a donné. (J'ai senti mon visage s'empourprer.) C'est juste que je ne comprends pas comment tu peux tout arrêter. C'est ce que tu voulais. Tu travaillais pour ça. Je ne comprends pas pourquoi tu ne m'as rien dit, c'est tout.

— Je...

— Neil, je n'ai dit à personne que je t'avais vu sur la route.

J'ai essayé de déglutir, en vain. Il allait trop vite. J'avais l'impression qu'il était en train de me rattraper et qu'il allait m'écrabouiller. J'ai tourné la tête vers la vitre et j'ai aperçu deux types qui déchiraient un manuel et lançaient les pages en l'air. J'ai regardé les morceaux de papier s'éparpiller sur le parking.

— Ton père et Stokely m'ont demandé si j'avais vu quelqu'un sur la route dimanche soir, et je leur ai répondu que je n'avais vu personne. (L'air conditionné avait beau tourner à plein régime, je sentais les gouttes de sueur se rassembler au-dessus de mes sourcils.) Je ne l'ai dit à personne. (Il s'est tourné et m'a regardé.) Personne ne sait.

Je l'ai regardé fixement.

— Ce n'est pas...

J'essayais de rire, de rendre ça léger, mais ma main était tellement crispée sur la poignée de la porte que celle-ci s'est ouverte brusquement. J'ai failli tomber de la voiture.

— Ça va ?

— Écoute, je dois juste... je dois...

— Je ne pensais pas te rattraper sur cette route. Qu'est-ce que tu trafiquais ? Je veux dire, tu t'es arrêté pour pisser ou un truc comme ça ? J'ai repensé à... (Il a de nouveau détourné la tête.) Qu'est-ce que t'as fait ?

J'ai voulu lui avouer, j'ai voulu que les mots sortent de ma bouche pour lui dire que tout irait bien. Je lui ai jeté un coup d'œil et l'instant d'après, je marchais vers le lycée. Je sentais son regard posé sur moi et j'étais mal à l'aise, conscient qu'au moindre faux pas, j'étais foutu. Une douleur fulgurante m'a traversé le ventre à l'endroit où Ernie Gates m'avait donné un coup de poing l'autre soir. Des élèves qui fumaient près de l'entrée m'ont regardé approcher. Leurs visages n'étaient que des taches floues quand j'ai poussé la porte en métal et que je suis rentré dans le lycée.

19

J'allais à contre-courant de la foule qui quittait la cafétéria et quand c'est arrivé, je n'ai pas eu le temps de réfléchir. Mary marchait dans ma direction en ayant l'air de vivre une chose atroce que j'étais le seul à pouvoir comprendre. Elle paraissait tellement perdue et anxieuse que je l'ai prise dans mes bras, et ce n'est qu'en entrant dans la cafétéria que je me suis aperçu que tout le monde nous regardait. L'équipe de football, Dayton, Clyde, Fred Billings, Amy et Lenore. Je voyais à leurs regards que Mary avait raconté ce qui s'était passé la veille au soir, que la nouvelle s'était déjà répandue dans le lycée. Tout le monde savait ce qu'on avait fait sur le siège de la Ford de location de son oncle.

— Comment ça va ? je lui ai demandé.

— Je ne sais pas, elle a répondu.

Elle retenait ses larmes et faisait la fille forte. Au lycée, tout le monde savait maintenant qui était Mary Curtis, et on lisait dans ses yeux que ça lui plaisait.

Je voyais que toutes les autres l'observaient et regrettaient que ça ne soit pas *leur* frère qui ait disparu. Mary était la fille la plus enviée du lycée. Tous les élèves compatissaient à son sort, personne ne pouvait dire du mal d'elle. Il fallait la soutenir, ou tout du moins la plaindre. D'autres filles commençaient à lui tourner autour, lui tendant des mouchoirs quand ses yeux se brouillaient et tenant des conciliabules avec elle dans les toilettes.

Elle portait une jupe jaune citron et une veste assortie. Elle voulait être digne dans son chagrin. Elle voulait donner l'exemple aux autres. Je me suis souvenu du reportage sur l'assassinat de JFK qui passait chez elle deux soirs plus tôt, et j'ai compris qu'elle essayait d'imiter Jackie Kennedy. Elle portait un tailleur appartenant à sa mère et elle jouait le rôle de la sœur éplorée.

J'avais la sensation d'être un pilier, le type vers qui elle s'était tournée pour la soutenir. J'étais son homme et personne n'avait le droit de la traiter de salope ou de dire qu'elle m'avait piqué à Lenore. Elle souffrait, on ne pouvait donc lui en vouloir de ses actes. Ce qui s'était passé entre nous la veille au soir était entièrement ma faute. Je l'avais séduite. J'avais abusé d'elle dans un moment de faiblesse. Je ne sais pas combien de temps j'ai serré Mary dans mes bras en me demandant ce que j'allais faire. Elle donnait l'impression de s'être transformée au cours de la nuit. La veille, c'était encore une adolescente espiègle et gauche et maintenant, elle se comportait en jeune fille sophistiquée tout droit sortie d'un cours de maintien, parfaitement consciente des règles de la douleur en public.

— Assieds-toi, s'il te plaît, m'a-t-elle proposé comme si elle organisait une veillée mortuaire.

Elle était en compagnie de Paula Bell, Judy Moffitt et Julie Sorge. Paula et Judy étaient copines. Paula sortait avec Reed l'année précédente. Mais un soir où Reed s'était saoulé, Paula l'avait trouvé en train d'embrasser Beth Henderson et elle avait refusé de continuer. Reed parlait toujours de l'énorme bêtise qu'il avait faite. Dans les fêtes, il finissait généralement bourré et en larmes à cause de cette histoire.

— Salut, j'ai lancé aux filles.

— Salut, Neil, ont-elles répondu en chœur.

Julie Sorge avait l'air gêné et déplacé avec son débardeur vert brillant orné de pompons. Elle n'allait pas tarder à comprendre que Mary avait un nouveau genre d'amies.

— Rien de nouveau ? j'ai demandé à Mary.

Elle a secoué la tête et elle a gardé le silence, comme si elle ignorait quelle devait être sa réaction. Elle jouait un rôle dont elle ne connaissait pas toutes les répliques.

— Merci pour hier soir, a-t-elle dit.

Les autres filles ont regardé ailleurs, comme si tout à coup, on partageait un moment d'intimité. J'ai acquiescé. Je ne savais pas quoi faire d'autre.

J'ai vu Lenore parler à Amy. Je savais ce qu'elles se disaient. Elles se sont levées en même temps et ont quitté la cafétéria.

J'avais perdu tout appétit. Je ne savais pas comment échapper à Mary. Je me sentais coupable. Si je partais, j'étais un salaud, si je restais, tout le lycée saurait que la rumeur était fondée. J'ai fini par regarder ma montre et je lui ai dit que j'étais pressé. Elle a hoché la tête, comme si elle comprenait. Ça lui était égal, elle avait rempli sa mission, tout le monde savait maintenant qu'on était sortis ensemble et que j'avais trompé Lenore. Je venais d'en donner la preuve. Se jeter dans mes bras à la cafétéria n'était pas une erreur. Mary avait attendu ça toute la journée.

Je me suis échappé. Je sentais les regards sur moi : j'étais le type qui avait quitté l'équipe de football pour de mystérieuses raisons et qui maintenant, sortait avec la fille dont le frère était porté disparu. J'ai pensé rattraper Lenore mais je me suis ravisé. Je me sentais tout simplement incapable de mentir davantage. Je n'avais pas envie de m'occuper de ça. Je suis allé à la bibliothèque et j'ai fait semblant de regarder les livres dans la rangée du fond. J'aimais bien être là. C'était un endroit tranquille et désert. J'y avais embrassé deux fois Lenore mais ce jour-là, je me cachais. Je fuyais tout le monde.

J'ai aperçu un livre qui s'appelait *Biographies de brigands* et je me suis mis à lire l'histoire de grands truands comme Al Capone, Jesse James et Babyface Nelson. Je n'ai pas tout de suite vu Lenore. Je me suis demandé depuis quand elle était là alors que j'examinais une vieille photo des *Dix hommes les plus recherchés par le FBI*. J'ai imaginé ma tête sur cette affiche. J'ai imaginé Burden appeler ses chefs au « Bureau » et leur dire qu'ils tenaient leur homme. Je l'ai imaginé débarquer chez nous, dire à mon père qu'il devait m'interpeller, mon père hochant la tête et le laissant entrer.

— C'est vrai ?

Lenore retenait ses larmes. Je voyais bien qu'elle était sur le point d'éclater en sanglots.

— Quoi ?

— Toi et cette...

Elle était sur le point de traiter Mary de salope, mais elle s'est souvenue que son frère avait disparu.

— Qu'est-ce qu'on t'a dit ?

— Que t'avais couché avec elle.

— Quoi ?

J'étais très calme. Je ne me sentais pas capable de jouer les indignés. Je n'en avais pas l'énergie.

— C'est ce qu'on m'a dit. Elle a raconté ça à Judy Moffitt.

— Eh bien... (J'avais envie de lui dire la vérité sur Mary et sur Ian. J'avais envie de m'excuser pour tout.) Eh bien... c'est des conneries.

— Qu'est-ce qui s'est passé, alors ?

Lenore n'avait pas envie de croire que j'avais couché avec Mary. Je savais qu'elle accepterait toutes mes explications.

— Après les recherches, je l'ai ramenée chez elle avec sa mère. Elle était tellement désemparée que je l'ai prise dans mes bras.

J'ai décidé de ne pas en dire davantage, de ne même pas mentionner que je l'avais embrassée.

— Et c'est tout ?

— C'est tout.

— Tu ne l'as pas embrassée ?

— Non.

Je l'ai regardée droit dans les yeux en disant ça. Je ne ressentais rien, même pas la bonne vieille poussée d'adrénaline déclenchée par la peur ou la panique. C'était presque comme si je disais la vérité.

20

J'étais assis dans la salle de M. Russell et j'écrivais mon nom en haut du contrôle d'algèbre quand j'ai jeté un coup d'œil par la fenêtre et vu mon père descendre de sa voiture de patrouille. Je n'ai pas tout de suite compris que c'était Burden qui l'accompagnait.

J'ai aperçu le visage de mon père à travers la porte de la salle. Il a frappé, puis il est entré. Il a serré la main de Russell et a demandé que je sois excusé.

On a traversé le lycée en silence. Il m'a ouvert une porte. C'était celle de la salle de musique. Burden était assis sur une chaise au milieu de la pièce. Il s'est levé quand je suis arrivé et m'a fait signe de m'asseoir près de lui. Mon père est resté debout près du mur.

— Je veux que tu saches que tu n'es absolument pas suspect ni quoi que ce soit. Malgré tout, il y a certaines questions que j'aimerais te poser.

— D'accord.

— Je sais que tu étais chez les Billings l'autre soir, celui où Ian a disparu. (J'ai hoché la tête.) Te souviens-tu que Ian est venu avec un autre garçon, Kevin Bottoms ?

— Ouais.

— Et tu peux me dire ce qui s'est passé ?

Adossé au mur, mon père me regardait fixement.

— J'avais bu deux bières et quand ils sont arrivés, je crois qu'on a été un peu rudes avec eux.

— Qui ça, « on » ?

— Moi et le Pingouin, euh, Craig Nutt.

Burden a hoché la tête.

— Avais-tu déjà eu une altercation avec Ian ou Kevin auparavant ?

— Non, je ne leur avais jamais parlé.

— Te souviens-tu du moment où ils sont partis ?

— Oui, ils sont partis en courant dans l'allée. J'avais fait un moule-cul à Ian. J'imagine qu'ils avaient très envie de s'en aller.

J'ai décidé de parler du moule-cul parce que je savais que si Burden m'interrogeait, c'est qu'il avait lu le rapport de police.

— Et quand es-tu parti ?

— Sans doute vingt minutes plus tard.

— Te rappelles-tu avoir dépassé l'un ou l'autre sur la route ?

Quand il m'a demandé ça, j'ai jeté un coup d'œil à mon père. Je n'ai pas pu m'en empêcher. Il me regardait sans broncher, les yeux fixes, comme s'il me testait. J'attendais de lui un geste, un signe de tête, qu'il me dise ce que je devais faire. Voulait-il que je dise la vérité à Burden ? Il s'est contenté de me regarder d'un air sévère en attendant que je réponde. C'est là que j'ai compris ce qu'il faisait. Burden n'avait pas à m'interroger. C'était l'enquête de mon père. Or, il détestait le FBI. Il laissait Burden m'interroger parce qu'il voulait me foutre la trouille. Il me faisait savoir qui était le chef.

— Non, monsieur, je n'ai vu personne.

À cet instant, mon père s'est écarté du mur.

— Merci de m'avoir accordé un peu de ton temps, a dit Burden.

J'ai compris que l'interrogatoire était terminé. C'est mon père qui y avait mis fin. Il contrôlait tout depuis le début.

Pendant qu'on se levait, Burden m'a demandé :

— Et qu'est-ce qui t'a fait quitter l'équipe de football ?

Sa question m'a coupé le souffle. Elle me prenait au dépourvu.

— Je... je ne sais pas, ai-je lâché.

J'ai aussitôt compris que c'était la seule question que Burden voulait réellement me poser. Tout le reste n'était qu'un prétexte pour m'attirer dans la salle.

— Je... je...

Burden ne me quittait pas des yeux, il attendait que je termine ma phrase. Pour finir, mon père s'est avancé.

— Excusez-moi, monsieur Burden, mais mon fils est en plein contrôle de maths. Remettons donc cette petite conversation à un moment où nous serons tous un peu moins occupés.

Je suis retourné en classe. J'ai ignoré les regards alors que je regagnais ma place et j'ai fait semblant de réfléchir à mon contrôle. Je ne pensais qu'à Burden. Il savait. Cette question : « Et qu'est-ce qui t'a fait quitter l'équipe de football ? » Rien que la formule : « Et qu'est-ce qui t'a fait... ? »

J'ai essayé de me concentrer sur l'interro mais je n'y arrivais pas. Quand je regardais ma feuille, les chiffres dansaient et quittaient mon champ de vision. Comme la séance était presque terminée, j'ai levé la tête en direction de la porte dans l'espoir d'y voir Reed. C'était son heure de pause, et il venait toujours m'attendre à la sortie. Il me faisait signe par la vitre. Mais ce jour-là, il n'y avait personne. Je voulais juste savoir si je pouvais lui faire confiance, s'il allait continuer à nier qu'il m'avait vu sur la route ce soir-là.

Je suis resté à ma table jusqu'à la fin du devoir. Je savais que j'aurais zéro. J'avais essayé de résoudre l'un des problèmes mais finalement, j'avais tout effacé. Je n'en voyais pas l'intérêt. Essayer, même un tout petit peu, c'était me battre. Je trouvais plus digne de rendre copie blanche.

À son bureau, M. Russell examinait le devoir d'un élève. Il avait l'air sincèrement intéressé. Il souriait. On avait beau lui rendre la vie impossible, il continuait à venir. Je me suis souvenu du jour où je l'avais vu avec ses enfants à la base de loisirs de Carmen. Ils participaient à l'entraînement de natation. Il avait un garçon et une fille minces avec des épaules larges et des yeux noisette. Je n'arrivais pas à croire qu'ils soient issus de cet homme. Ce type maigrelet et bossu avait fait de beaux et jeunes futurs champions. Il était avec son épouse, une femme jolie et bien proportionnée. J'avais envie de dire à M. Russell que j'étais désolé pour tous les soucis que je lui avais causés. J'avais envie de lui promettre que ça ne se reproduirait plus, mais c'était trop tard. De plus, il y avait toutes les chances qu'il s'en foute. Des fois, je me demandais même s'il faisait attention à nous.

La cloche a sonné. M. Russell nous a dit de cesser d'écrire et de rendre nos contrôles. J'ai attrapé mon stylo et j'ai inscrit en haut de la feuille : « Je suis désolé. » J'ai posé ma copie sur son bureau en quittant la salle.

21

J'ai descendu le couloir en me demandant si Burden savait que son neveu était mort. Il avait découvert le sang et vu le clignotant cassé. Mais je savais qu'ils ne retrouveraient jamais le corps. J'ai tourné le coin et j'ai vu des élèves traîner comme d'habitude dans les couloirs. Et, avec plusieurs filles autour de lui, plus grand que tout le monde, mon père. Il ne pouvait pas s'en empêcher. Il adorait être au milieu des femmes. Et elles l'adoraient. Au restaurant, il disait à la serveuse : « Qu'est-ce que vous demandez pour la truite ? » *Demandez !* Comme si ça se négociait ! Et la serveuse se mettait à rougir tellement il était charmant. Je crois qu'il ne se rendait même pas compte de l'effet qu'il produisait sur les gens. Il irradiait un tel sentiment de sécurité que tout le monde en ressortait un peu étourdi.

Mais en le voyant, j'ai stoppé net.

Il n'était pas avec Burden.

J'ai fait demi-tour dans le couloir et j'ai marché aussi vite que j'ai pu. Je suis entré dans la bibliothèque. Lenore a levé les yeux mais j'ai fait mine de ne pas la voir. Je suis ressorti et je me suis mis à courir. J'ai couru à la salle de musique.

Burden avait vu les fiches de police.

Il cherchait Reed.

Des élèves m'ont regardé au moment où je m'arrêtais à la porte et que je jetais un coup d'œil par la vitre, mais c'était trop tard : Reed était assis dos à la porte, Burden debout face à lui. Ils se lançaient un ballon de football et Reed parlait, mais je n'entendais pas ce qu'il disait. Burden paraissait détendu, comme s'il avait tout son temps. Il m'a vu, m'a souri et j'ai tourné la tête, comme si j'étais pris en faute.

Le visage brûlant, j'ai redescendu le couloir. J'ai entendu quelqu'un prononcer mon nom mais je ne me suis pas retourné, j'ai continué jusqu'à la sortie. Il fallait que je quitte le lycée aussi vite que possible. Il fallait que je sois seul.

22

J'ai parcouru à pied les dix kilomètres entre le lycée et la maison de mon père. J'avais attendu que les cars de ramassage s'en aillent pour que les autres ne me voient pas. J'avais attendu tout au bout du lycée, dans un recoin où quelques élèves fumaient en séchant leur dernière heure de cours. Au début, j'ai bien vu que je leur faisais peur et qu'ils ne voulaient pas que je les embête. Ils étaient plus jeunes que moi : deux gars et une fille, tous les trois obèses, couverts de boutons, le teint blanchâtre à force de passer des heures à l'abri du soleil dans les galeries du centre commercial et les salles de jeux en sous-sol.

Je leur ai demandé une cigarette. Ils ont échangé quelques regards pendant que je luttais avec le briquet. J'ai pris une grande bouffée et, tandis que la fumée descendait dans mes poumons, je me suis rendu compte que j'avais eu la poitrine nouée toute la journée. Je me suis détendu tout d'un coup, et ça a été comme si on me plantait un poignard dans le cœur. J'ai glissé le long du mur et je me suis assis sur le sol. Je voyais bien que les gosses avaient craché partout, mais je m'en foutais. J'ai attendu que la douleur se dissipe puis j'ai aspiré une autre bouffée et je me suis mis à tousser. La fumée avait emprunté une mauvaise voie et j'ai eu l'impression que j'allais étouffer.

Après la quinte de toux, je me suis levé et je leur ai dit mon nom. La fille les a présentés à tour de rôle, mais les types ont tourné la tête quand je les ai regardés. L'un d'eux m'a montré comment aspirer la fumée. J'ai involontairement effleuré son bras et j'ai senti sa peau humide et froide. J'ai pris de la fumée dans ma bouche et je l'ai fait descendre dans mes poumons, où je l'ai maintenue quelques instants. J'essayais de ne plus penser à Reed. Je n'arrêtais pas de le voir parler à Burden, et je ne voulais pas savoir ce qu'il lui avait dit.

On est restés là jusqu'à ce que la cloche sonne. En partant, ils m'ont laissé deux cigarettes et leur briquet. J'ai joué un moment avec, l'allumant et l'éteignant d'un coup sec. D'où je me trouvais, j'apercevais le sommet des poteaux de but. Toutes les trente secondes, un ballon les franchissait, ce qui signifiait que notre botteur Robby Stinson était en train de s'entraîner.

Au bout d'un moment, j'ai glissé une cigarette entre mes lèvres et je l'ai allumée. Je me suis concentré sur la fumée qui descendait dans mes poumons et j'ai pensé au cancer. Je me suis demandé combien de temps je mettrais à me tuer à coups de cigarettes. Je me suis souvenu qu'à l'annonce du suicide de Kurt Cobain, presque tout le monde était en état de choc. Le Pingouin n'arrêtait pas de dire que Cobain était un égoïste, qu'il laissait une femme et un gosse derrière lui, que c'était un connard. Je comprends ce qu'il voulait dire, mais je ne pense pas qu'on ait jamais vraiment envie de mourir. Je pense qu'on se sent sans doute tellement désespéré qu'on se dit que le monde sera mieux sans nous. Je suis sûr que c'est ce que croyait Kurt. Ça m'énerve quand je me souviens de ce que disait le Pingouin. Il y a sans doute des gens qui ont tout simplement peur d'admettre qu'ils comprennent ce genre de désespoir.

Quand j'ai fini ma cigarette, j'avais la gorge sèche et douloureuse. J'ai regardé des hommes qui déchargeaient un camion de planches sur le trottoir d'en face. Je connaissais l'un d'eux. Il s'appelait Brian, il faisait partie de l'équipe de football deux ans avant moi. Il était en train de charger sur ses épaules le plus de planches possible. Je me suis demandé s'il transportait déjà du bois à l'époque où il marquait des buts.

J'ai lancé ma cigarette contre le mur et je me suis dirigé vers la rue. Je ne voulais pas que Brian me voie mais je n'avais pas d'autre solution pour rentrer chez moi, à moins de faire tout le tour du lycée. De toute façon, il était trop absorbé par son boulot pour remarquer qui que ce soit. On aurait dit qu'il essayait d'impressionner ses deux collègues plus vieux en leur montrant tout ce qu'il pouvait porter. Je me suis arrêté à cinq mètres de lui et, sans me cacher, j'ai allumé ma dernière cigarette. Je voulais qu'il me voie, maintenant. Je voulais qu'il me voie fumer mais il ne m'a pas reconnu, il s'est contenté de porter les planches jusqu'à un chantier. L'un de ses collègues m'a regardé, et j'ai levé le pouce en signe d'encouragement. J'allais lui faire un bras d'honneur, mais au dernier moment, je me suis ravisé.

J'allumais et j'éteignais le briquet en marchant le long de la route pendant que les voitures me dépassaient en trombe. J'ai joué avec jusqu'à ce qu'il ne marche plus puis je l'ai jeté dans le fossé. J'avais envie d'aller chez Reed lui demander ce qu'il avait dit à Burden. J'avais envie de lui demander si je pouvais lui faire confiance.

Pendant notre première année au lycée de Carmen, j'avais intégré l'équipe de football, mais pas Reed. Il était devenu notre coupeur d'oranges, il se levait chaque matin très tôt pour préparer l'eau et les oranges et il venait m'encourager à chaque entraînement. Je me souviens que j'étais avec lui dans le couloir quand la liste des sélectionnés avait été affichée et qu'il avait poussé un cri de joie. Quand j'ai vu qu'il criait pour moi parce que lui, il n'était pas admis, je me suis demandé si j'aurais fait pareil.

En pensant à tout ça, je me suis souvenu de la feuille qu'il m'avait donnée dans sa voiture. Je l'ai sortie de ma poche. C'était un poème de son invention qui s'appelait « Champions ».

CHAMPIONS

Devenir les mailleurs
C'est une quaite
Ou on ne cesse
D'exersé nos corps
Et de laissé notre tète
Nous guidé
C'est la plus noble des quaite.

Ça, c'était Reed tout craché, ça venait droit du cœur et c'était bourré de fautes d'orthographe. Ça m'a quasiment donné envie de pleurer mais j'ai continué à le voir parler à Burden et j'ai repensé à notre conversation dans sa voiture. « Et nous ? » m'avait-il demandé. Il plaçait tous ses espoirs en moi, et ça m'énervait. Je me demandais s'il était aussi innocent qu'il le prétendait ou si lui aussi était un condamné, et que mon père avait raison depuis le début.

J'ai froissé son poème et je l'ai jeté dans le fossé.

23

J'avançais en traînant les pieds dans le gravier et en comptant mes pas quand j'ai entendu une voix de femme. En levant la tête, j'ai aperçu un camion des Las Vegas News garé au bord de la route. Un type en T-shirt trempé de sueur et en jean coupé filmait à la Betacam une jolie journaliste blonde qui se tenait sur le bas-côté devant le ruban jaune de la police. Quand je suis passé près d'eux, l'équipe remballait le matériel, l'homme était adossé au camion et la fille discutait avec lui. Je leur ai souri mais ils ne m'ont pas dit bonjour, ils se sont contentés de me décocher un regard en continuant à parler comme si j'étais une sorte d'apparition.

J'étais à quelques kilomètres de chez mon père quand une voiture a ralenti puis s'est arrêtée juste devant moi. C'était Kimmy. Je me suis avancé vers la portière et je me suis installé à côté d'elle. Elle fumait. Elle a repris la route sans me jeter le moindre regard.

— Il rentrera tard ce soir. Ils font des heures sup pour retrouver ce petit, a-t-elle déclaré.

J'ai pris une cigarette dans son paquet et j'ai gratté une allumette. Elle m'a observé mais elle n'a rien dit. On a terminé le trajet en silence, à fumer tous les deux, climatisation en marche et vitres closes.

À la maison, je suis monté dans ma chambre. Je faisais les cent pas. Je détestais ma chambre. C'était le grenier, en fait. Le plafond descendait partout jusqu'au plancher, du coup je me cognais sans cesse la tête contre les murs. Je détestais la vue de ma fenêtre, aussi. La seule chose qu'il y avait, c'était un cactus. Je le voyais depuis toujours, depuis que j'étais petit. Il ne grandissait jamais. Il faisait toujours exactement la même taille.

J'ai mis mes écouteurs et j'ai glissé *Incesticide* de Nirvana dans ma platine CD. J'étais couché sur mon lit en train d'écouter « Been a Son » et d'essayer de me représenter le visage de ma mère, sa tristesse, de voir la douleur dans ses yeux et de relier ça au seul souvenir que j'avais d'elle, ce moment dans la buanderie, mais je n'y arrivais pas. Son visage était flou.

Kimmy frappait à ma porte. J'ai retiré mes écouteurs.

— Téléphone pour toi.

J'ai décroché le combiné dans la cuisine.

— Salut, c'est moi, a dit Lenore.

— Salut.

— Qu'est-ce que tu fais ?

Kimmy est entrée dans la cuisine et a ouvert le frigo. Je me suis demandé ce qu'elle allait préparer pour le dîner.

— Allô, tu es toujours là ?

— Ouais.

— Tu veux venir ?

— Je ne me sens pas très bien. (Kimmy m'a regardé. Elle avait le même air résigné qu'avec mon père quand il lui mentait.) Et toi, comment tu vas ?

— Bien. (On est restés silencieux pendant une minute.) Si tu ne veux pas me voir, il suffit de le dire.

Kimmy sortait de la nourriture du frigo et la déposait sur le comptoir.

— C'est juste que je ne me sens pas très bien.

J'avais envie de lui proposer qu'on se voie durant le week-end, mais je ne me sentais pas en état de faire des projets. J'ai fini par dire que je la rappellerais un peu plus tard et j'ai raccroché.

Je suis sorti de la cuisine, puis je me suis arrêté et je suis revenu sur mes pas. Surprise, Kimmy a levé les yeux. Elle était en train de se servir un Midori.

— Si on appelle, dis que je ne suis pas là.

— Où tu vas ?

Je n'avais pas prévu d'aller quelque part.

— Faire un tour.

Je suis entré dans le bureau de mon père. C'était une petite pièce dans un recoin de la maison qu'il n'utilisait presque jamais. Je me suis assis à sa place et j'ai regardé fixement le téléphone. J'étais incapable de chasser de mon esprit l'image de Reed dans la salle de musique avec Burden. J'ai essayé de ne plus y penser. Je me suis concentré sur Lenore mais ça m'a déprimé, alors j'ai pensé à Mary, à mon père, à l'équipe, mais tout me ramenait toujours à Ian. Il n'y avait pas de place pour le calme dans ma tête. Alors j'ai pris le téléphone et j'ai composé le numéro de Reed. J'ai attendu une sonnerie puis j'ai raccroché. Je regardais fixement le téléphone, je croyais vaguement qu'il rappellerait. J'avais la main au-dessus du combiné comme s'il allait retentir à tout instant. Je décrocherais et, d'un air très détaché, je demanderais à Reed comment il allait. Pour finir, j'ai recomposé son numéro et j'ai laissé sonner. Pendant les sonneries, je savais déjà que je faisais une erreur.

— Bonjour, Banks à l'appareil.

— Reed, c'est moi. (J'ai attendu qu'il me dise quelque chose mais il est resté silencieux.) Je t'ai cherché après le cours d'algèbre.

— Ouais, je t'ai pas attendu.

Il était dans la cuisine. J'entendais la télévision derrière lui, et sa mère qui faisait la vaisselle. Le dimanche après-midi pendant qu'on regardait le match, Mme Banks nous préparait des tranches de pommes vertes et de cheddar, puis elle venait nous les apporter.

— Je t'ai cherché.

— Je sais, tu viens de le dire.

J'aurais préféré ne pas avoir appelé. J'avais envie de lui demander de prendre le téléphone dans la chambre de ses parents. Je ne voulais pas que sa mère entende notre conversation.

— Comment s'est passé l'entraînement ?

— Bien.

— Qui est quarterback ?

— Cullen.

— C'est ce que je pensais.

— Écoute, il faut que je...

— Non, je voulais juste te dire...

Je regrettais vraiment d'avoir appelé. Je voulais lui dire que j'avais fait une bêtise. J'espérais que peut-être, il me parlerait sans que je le lui demande, mais non.

— Et où tu étais... quand...

— Pas très loin.

— Ah. (Il ne voulait pas me le dire.) Parce que je t'ai cherché...

— Je sais, tu viens de le...

— Putain, dans ce cas...

J'ai essayé de prendre un air fâché, mais pas trop quand même. Je voulais qu'il sache que j'étais toujours son ami. Je commençais à avoir peur. Je voulais lui dire que je l'avais vu avec Burden.

— Écoute, tu m'as fait réfléchir à beaucoup de choses aujourd'hui et... je voulais te remercier... je voulais que tu saches que je n'irai nulle part sans toi. Je le pense vraiment. On est ensemble. (Je ne me rendais même pas compte de ce que je disais. Je n'étais pas habitué à ce que Reed ne parle pas. D'habitude, c'est moi qui gardais le silence. Mais comme il ne disait rien, je continuais.) J'ai vraiment aimé ton poème. Il m'a vraiment aidé à mettre de l'ordre dans tout ça. Je... je voulais juste te dire merci.

— Il faut que j'y aille. J'ai entraînement demain matin.

— Attends...

— Quoi ?

Je voulais lui parler de sa mère qui nous découpait des tranches de pommes, des heures qu'on passait sur son canapé à se lancer le ballon en regardant TV1, je voulais m'excuser pour toutes les fois où je l'avais engueulé parce qu'il avait lâché la balle.

— Rien.

Clic. Il n'était plus là.

Je suis revenu dans la cuisine. Kimmy était assise à table, occupée à se masser un pied d'une main et à siroter un Midori de l'autre.

— Pourquoi tu n'es pas au football ce soir ?

— J'ai quitté l'équipe.

Au début, je n'étais pas sûr qu'elle m'ait entendu.

— Pourquoi ?

— J'en avais marre.

Elle n'a rien dit. Pendant que j'étais dans le bureau de mon père, elle avait retiré son collant qui gisait maintenant en tas par terre.

— Comment ça va au boulot ? ai-je demandé.

— C'est merdique. (Elle a arrêté de se masser le pied.) Qu'est-ce que tu veux dire, par « marre » ?

Tout à coup, j'ai eu envie de tout dire à Kimmy pour Ian.

— Je n'avais plus envie de jouer, c'est tout.

Je ne pouvais pas la regarder. Je voulais tout lui raconter, lui faire comprendre que c'était un accident, mais je me suis contenté de bredouiller quelque chose à propos de devoirs à finir et je suis monté dans ma chambre.

Quand mon père sortait avec Kimmy au début, il l'amenait à la maison, lui préparait à dîner, ils regardaient la télé ensemble et ils riaient. Je les entendais depuis ma chambre. Puis tout devenait très calme. Parfois, je me postais près des escaliers et je les regardais. Une fois, je l'ai vu la baiser dans le salon à la lumière de la télé, devant *Evening at the Improv*. Il était couché sur elle et il montait et descendait très lentement. J'ai regardé Kimmy allongée sur le dos, les doigts plantés dans sa chemise de travail. Il avait son pantalon autour des genoux et n'avait pas retiré ses bottes. On aurait dit qu'il faisait des pompes, comme quand j'étais gosse. Ils ne parlaient pas. Ils ne faisaient pas un bruit. À ce spectacle, je me suis senti écœuré et seul mais j'ai continué à regarder, je ne parvenais pas à détacher mes yeux de la scène. Pour finir, mon père s'est raidi et affalé sur elle. Il ne l'a pas embrassée, il s'est contenté de rester immobile pendant qu'elle lui caressait les cheveux. Je les ai regardés un moment puis je suis retourné dans ma chambre et je suis resté assis sur mon lit, sans doute jusqu'à ce que je m'endorme.

J'étais couché sur mon lit et je pensais à Kimmy. J'avais remis « Been a Son » sur la platine CD et pris mes écouteurs. Kimmy avait de longues jambes douces comme de la soie et un cul en forme de poire. Ses cheveux étaient blond décoloré et sa voix sexy, avec un petit accent à la fois sordide et puéril. Même en tailleur, c'était le genre de femme dont on ne s'étonnait pas d'apprendre qu'elle avait été strip-teaseuse. J'avais déjà fantasmé sur elle même si après, je me sentais sale. Pourtant, ce n'était pas ma mère, c'était juste la petite amie de mon père. Je ne sais pas pourquoi, mais ça m'excitait beaucoup de m'imaginer avec elle. Un moment, je me suis imaginé en train de finir ce que j'avais commencé avec Mary mais je suis vite revenu à Kimmy, parce que penser à Mary me déprimait.

J'étais allongé sur mon lit à contempler le plafond et à songer à Kimmy, tout ce qui pouvait m'éloigner de Burden et de Reed, quand la sonnette a retenti à l'entrée.

24

— Neil ! T'as de la visite.

J'enfilais mon pantalon quand Kimmy m'a appelé depuis le bas des escaliers.

Je savais que c'était Burden. Il était debout sur le seuil, il avait pris un coup de soleil et il paraissait fatigué. Ce n'est qu'en m'asseyant à la table de la salle à manger que j'ai compris que je venais de tomber dans un piège. Burden savait que mon père était encore au boulot. Il m'a dit qu'il voulait juste me poser deux questions.

J'ai pensé lui répondre que je voulais un avocat, mais j'ai préféré m'abstenir.

— Vous voulez boire quelque chose ?

Ces mots m'ont effrayé quand ils sont sortis de ma bouche car je n'avais aucune idée d'où ils venaient.

Kimmy était debout sur un tabouret de cuisine, elle cherchait quelque chose au fond d'un placard. J'ai regardé Burden la jauger rapidement pendant qu'elle avait le dos tourné. Elle a attrapé une boîte de biscuits à la crème que je n'avais jamais vue et en a disposé quelques-uns sur une assiette. Puis elle nous a rejoints dans la salle à manger et a tendu l'assiette à Burden.

— Eh bien, vous avez pris le soleil !

Il a refusé les gâteaux d'un geste.

— Non, merci.

Kimmy a posé l'assiette comme s'il l'avait blessée et a quitté la pièce. Burden s'était assis face à moi. Il avait le visage et les bras d'un rouge inquiétant.

— Parfois on se trompe, a-t-il commencé. On fait quelque chose de... stupide, quelque chose que l'on regrette. Ça ne nous rend pas mauvais pour autant. (J'essayais de déglutir, en vain.) Ça arrive tout le temps. Puis on finit par admettre ses erreurs, et on est pardonné.

Je n'en revenais pas à quel point il était rouge. Je me suis demandé combien de temps il fallait pour mourir d'un cancer de la peau. Ses mains étaient posées sur la table et je voyais son pouls battre à son poignet.

— Tu comprends ce que je dis ?

J'ai acquiescé.

J'ai entendu un petit bruit. C'était le sable qui entrait par un trou de la bâche en plastique. Je me suis rendu compte de tout le sable qu'il y avait dans la maison. Il s'étalait sur une trentaine de centimètres le long du mur. Cela faisait un moment que je ne le regardais plus, que j'occultais ce détail, mais en voyant Burden découvrir le sable, j'ai senti mon visage devenir brûlant. En général, mon père remplaçait la bâche tous les six mois mais ça faisait maintenant plus d'un an, et les trous s'élargissaient près des bords. Brusquement, j'ai compris que mon père ne finirait jamais ces travaux, qu'il se contenterait de remplacer éternellement la bâche.

Je me suis alors rendu compte que je n'invitais jamais d'amis à la maison. Ni Lenore ni personne. Même Reed restait dans sa voiture quand il venait me chercher, je le guettais toujours près de la porte. Burden a observé le sable un long moment d'un air perplexe, comme s'il enregistrait cette information et se forgeait une opinion. Puis il a détourné les yeux et il a repris :

— Parfois, on panique... et parfois, les gens qu'on aime nous donnent de mauvais conseils.

Il essayait de croiser mon regard mais je ne quittais pas des yeux le pouls qui battait à son poignet.

— Neil, j'essaie d'être ton ami. Je suis là en tant qu'ami. Tu comprends ce que je te dis ?

— Oui, monsieur.

— Tu peux m'appeler Clive.

— D'accord.

— Est-ce qu'il y a quelque chose que tu veux me dire ?

— Non.

Il a de nouveau jeté un coup d'œil au sable.

— Je suis le parrain de Ian. (Il avait le regard triste.) À l'âge d'un an, il est tombé très malade. La scarlatine. Il y a eu des complications... il a passé deux ans entre l'hôpital et chez lui. (Je voyais dans le reflet d'une fenêtre Kimmy regarder Burden, la fumée de sa cigarette s'élevant en minces volutes au-dessus de sa tête. Burden se tenait le visage entre les mains comme s'il essayait de rester flic, mais il pleurait.) À certains moments, on ne savait pas s'il allait vivre ou non. Quand je pense à tout ce que sa mère a enduré... le plus dur n'était même pas l'idée qu'il puisse mourir, c'était l'attente.

J'ai posé une main sur son épaule. Je n'ai pas pu m'en empêcher. Je savais que mon père aurait fait pareil, il touchait toujours les gens. Au moment où j'ai fait ça, il m'a pris la main. Il a relevé la tête, il ne pleurait plus. Ses yeux avaient beau être bordés de rouge, il avait le visage crispé et non relâché comme quand on vient vraiment de pleurer.

— Je sais qu'il est mort. (Je commençais à avoir mal à la main mais il ne me lâchait pas. Pour la première fois, je me rendais compte de sa force.) Au bout de vingt-quatre heures, on cesse de rechercher une personne disparue et on commence à chercher un cadavre. Tu savais ça ?

J'ai acquiescé.

— Je ne veux pas qu'ils passent davantage de temps à attendre. Tu me comprends ? (J'ai acquiescé.) Alors pourquoi tu ne me dis pas ce qui s'est passé ?

Mon cœur tambourinait contre ma chemise, je me demandais s'il pouvait le voir. Je me demandais ce que Reed lui avait dit. Burden me regardait et attendait calmement ma réponse. J'ai baissé les yeux et j'ai vu à quel point son pouls battait fort.

— Je ne sais pas de quoi vous parlez.

Juste à cet instant, la porte du garage s'est ouverte et refermée brusquement. Mon père a déboulé comme un fou furieux dans la maison. Ses pas dans le couloir faisaient trembler les murs, histoire qu'on n'oublie pas où on était. Il a surgi dans la cuisine avec son attaché-case, a aussitôt ouvert le placard des alcools et a pris sa bouteille de Midori. Il a tenté de retirer le bouchon en le faisant sauter avec son bras gauche. Puis il a ouvert un autre placard et attrapé un verre avec la main qui tenait encore son attaché-case. Le verre lui a échappé des doigts et s'est brisé sur le comptoir.

— Et merde ! (Il a jeté son attaché-case dans un coin et a regardé fixement le verre cassé. Puis il a pris un autre verre et a commencé à le remplir.) Kimmy ! Kimmy !

J'ai jeté un coup d'œil à Burden et j'ai vu qu'il ne se contentait pas d'observer mon père : il l'étudiait. Mon père a levé la tête et s'est aperçu qu'on le dévisageait. Quand il a vu Burden, il a eu l'air de trouver tout à fait normal qu'il soit chez lui. Il est entré dans la salle à manger et lui a serré la main.

— Qu'est-ce que vous faites ici ?

— Je posais juste quelques questions à votre fils.

— Ouais. Eh bien à l'avenir, je vous suggère de demander la permission avant de faire quelque chose de ce genre.

— Votre fils est suspect, shérif.

— Suspect. (Mon père a eu l'air surpris, comme s'il n'était pas au courant qu'un garçon avait disparu.) Et suspect de quoi ?

— Du meurtre de mon neveu.

J'ai sursauté quand Burden a dit ça. L'espace d'une seconde, je n'ai pas su ce qui allait se passer. Mon père faisait des yeux noirs à Burden, qui soutenait son regard.

— Je vous suggère de quitter la ville ce soir, ou je vous arrête. Ce n'est pas une enquête fédérale, et j'en ai déjà supporté plus qu'il n'est possible. De plus, comment comptez-vous inculper quelqu'un de meurtre sans cadavre ?

— C'est de *vous* qu'il s'agit. (Burden tremblait de rage.) Comment allez-*vous* inculper quelqu'un ? N'est-ce pas plutôt ça la question ?

— Sortez.

Mon père a dit ça d'un ton neutre, comme s'il était fatigué et qu'il voulait simplement aller se coucher. Assis sur ma chaise, j'ai regardé Burden tourner les talons et s'en aller.

25

Je l'entendais aller de pièce en pièce en bas, les idées de plus en plus noires, l'esprit de plus en plus embrumé. Kimmy regardait la télévision dans le salon et je m'étais réfugié dans ma chambre. Puis il lui a demandé quelque chose, d'abord sans s'énerver. Il lui a demandé quelque chose, et elle a vaillamment tenté de se défendre.

— J'essaie de regarder la télé !

— Et moi, j'essaie de te parler !

Je l'ai entendue monter le son de la télévision pour noyer ses cris. Puis il y a eu un grand bruit suivi d'un violent silence. Il avait brisé l'écran d'un coup de pied.

Ce soir-là, il a battu Kimmy. Terrifié, j'écoutais depuis ma chambre sans rien faire. Elle disait qu'elle était d'accord avec lui, mais ça ne suffisait pas, il voulait quelque chose qu'elle ne pouvait pas lui donner, quelque chose qu'il ne comprenait pas lui-même, je crois.

J'ai fait les cent pas dans ma chambre, espérant à la fois que Kimmy s'en aille et qu'elle reste pour que je ne me retrouve pas seul face à mon père. J'avais envie d'aller chercher son arme pour l'obliger à s'arrêter mais je savais que je ne pourrais pas le tuer, alors je suis resté sur mon lit, pétrifié, à écouter Kimmy se défendre. J'avais la photo de ma mère à la main et je pensais à la chance qu'elle avait d'être partie. Je ne la détestais pas. Je savais qu'elle avait fait ce qu'elle devait faire, qu'elle n'aurait pas pu m'emmener. Il l'aurait rattrapée. Je regardais fixement son écriture, une écriture enfantine et jolie, chaque mot se terminant par une courbe aux allures dramatiques, les J et les E s'envolant comme si elle était suspendue en état de joie. Et la façon dont elle faisait la barre du T, bien au centre, avec un grand trait. C'était une écriture étrange. Un jour, j'avais pensé la faire analyser par un spécialiste pour en savoir plus sur son caractère, mais je ne l'ai jamais fait.

Kimmy lui demandait d'arrêter. Elle le suppliait de ne plus la toucher. Elle hurlait : « Laisse-moi partir ! Laisse-moi partir ! » Mon père, lui, ne disait pas un mot.

Je me suis couché et j'ai fermé les yeux. J'ai écouté mon souffle et j'ai essayé de reléguer les cris dans le lointain. Je percevais la résignation dans la voix de Kimmy pendant qu'elle hurlait. Puisque c'était impossible de ne pas l'entendre, j'ai fait comme si c'était la télévision. Je me suis imaginé au milieu de l'après-midi, couché sur le canapé des Banks en train de faire la sieste pendant que Mme Banks regardait un talk-show dans la cuisine. Un talk-show où les gens avouent leurs secrets les plus noirs, s'envoient des objets à la figure, et où on rit parce qu'on sait que tout est faux. Je suis resté dans mon lit en imaginant que Kimmy et mon père se trouvaient dans la télévision, et je me suis laissé aller. J'ai dérivé par la fenêtre et j'ai flotté au-dessus du désert tandis que le vent murmurait à mon oreille des secrets qui ne faisaient pas mal à entendre.

Quand je me suis réveillé, tout était silencieux à part le bruit des pas de mon père qui montait l'escalier. J'ai jeté un coup d'œil à la batte de baseball dans un coin de ma chambre, je l'ai attrapée et je me suis assis sur mon lit. Debout sur le seuil, mon père me regardait.

— Donne-moi cette batte. (Je la lui ai tendue et il l'a doucement posée sur la commode.) Demain, tu joues au football.

Il a dit ça et il est parti. Il avait battu Kimmy pour me donner un avertissement. Si je comprenais ce qui était bon pour moi, alors je jouerais au football. Kimmy était au lit, couverte de bleus, de sang, seule, tremblante de peur, se demandant pourquoi elle était restée aussi longtemps avec mon père. Je compatissais mais je savais aussi qu'elle avait le choix. Elle pouvait partir. Moi, je ne pourrais jamais partir. Peu importe où j'irais, jamais je ne pourrais me débarrasser de lui. Kimmy continuerait à souffrir tant qu'elle resterait. Ce soir-là n'avait rien à voir avec elle. Si seulement elle avait su ça, si seulement elle avait su qu'elle souffrait à cause de mes péchés.

Mercredi

26

Mon père fredonnait « Two-Bit Manchild » de l'album de 68 de Neil Diamond, *Velvet Gloves and Spit*. Il était sept heures et quart et il me conduisait à l'entraînement. On ne parlait pas. Il n'y avait rien à dire.

Le vestiaire avait beau être noir, j'ai senti une présence. En allumant, je m'attendais presque à voir Ian en sang, comme dans un film d'horreur. J'ai mis une seconde à trouver l'interrupteur et quand j'ai allumé, j'ai fait un bond en arrière. Il se tenait face au mur. Il s'est retourné lentement comme s'il n'était pas surpris par mon apparition, ou trop fatigué pour s'en inquiéter. C'était Reed.

— Salut, ai-je dit.

— Le type du FBI m'a posé des questions, hier. (J'ai jeté un coup d'œil dans la pièce pour vérifier qu'on était seuls.) Il veut savoir si je t'ai vu sur la route ce soir-là. (Il n'a même pas précisé lequel. On savait tous les deux de quoi il parlait.) Il veut savoir quand je t'ai rendu ton chapeau de football.

J'ai acquiescé en attendant qu'il continue, mais il n'a plus rien dit.

— Et qu'est-ce que tu lui as répondu ?

— Que je te l'avais rendu lundi matin après l'entraînement. (Reed avait l'air épuisé. Il avait envie que je lui dise tout, mais je ne pouvais pas. Il n'avait rien avoué à Burden. Il avait gardé le secret.) Neil, je lui ai menti.

— Tout va bien.

Je ne savais pas quoi dire d'autre.

— Qu'est-ce que ça signifie ?

— Ne t'inquiète pas, c'est tout.

— Mais...

— C'est fini.

— Mais, Neil, il m'a prévenu que mentir était un crime fédéral. Il a dit qu'on pouvait aller en prison pour ça.

— C'est fini, ai-je répété faiblement.

— Mais j'ai peur.

— Tout va bien.

Je ne savais même pas ce que je disais. Ça n'avait aucun sens, j'essayais juste de remplir le vide avec des mots, de faire en sorte que tout aille bien.

— Mais Neil, il faut que je sache. Tu vois... (Ses yeux se promenaient avec frénésie sur mon visage, cherchant un endroit où se poser.) Il faut que tu me dises... Est-ce que si je lui avoue la vérité, c'est bon ?

J'ai regardé les cercles noirs autour de ses yeux. Reed n'avait jamais eu de problèmes de sommeil. Quand on était petits et que je dormais chez lui le week-end, je restais allongé à écouter sa respiration qui allait et venait comme un murmure. J'essayais de calquer mon souffle sur le sien en espérant que peut-être, je me *métamorphoserais* en Reed, qu'à mon réveil, Terry et Dot seraient mes parents, qu'ils me prépareraient à manger, m'aimeraient et me prendraient dans leurs bras quand j'avais peur. Mais on n'échangeait jamais nos places : jamais je n'imaginais que Reed devenait Neil. Je ne souhaitais à personne de prendre ma place. Sauf que là, je ne savais plus quoi faire. Alors je l'ai regardé droit dans les yeux et je lui ai dit la vérité.

— Non.

Il s'est mis à pleurer. Je me suis assis près de lui.

— C'était un accident.

— Pourquoi tu ne me l'as pas dit ?

— J'avais peur.

— Mais tu peux encore...

— Non, je ne peux pas.

Je voulais lui dire pour mon père, lui expliquer pourquoi je ne pouvais pas avouer la vérité, mais je n'ai réussi à lâcher qu'un « c'est trop tard ». Reed n'a pas répondu, et on est restés silencieux jusqu'à ce que des joueurs entrent et que tout le monde se change.

Fred Billings est arrivé avec le Pingouin. Il s'est assis à côté de moi, a posé la main sur mon épaule et m'a dit :

— Je suis content que tu sois revenu.

Je lui ai répondu que j'étais désolé pour ce que j'avais dit dimanche soir et que je trouvais qu'Amy et lui formaient vraiment un couple formidable.

Ulster n'a pas commenté mon retour. Avant l'entraînement, il a juste dit quelques mots sur « l'équipe au complet qu'on devait vraiment former cette année ». Pendant l'entraînement, j'ai essayé de me concentrer, de chasser Ian de ma tête mais c'était impossible, je manquais les passes et je perdais le ballon. Maintenant que Reed savait, tout était différent. Ce n'était plus un secret. Mais au lieu de me sentir soulagé, j'étais encore plus mal.

Après l'entraînement, j'ai suivi Reed au moment où il quittait le vestiaire.

— Tout va bien se passer, je lui ai dit.

Il ne pouvait pas me regarder. Il fixait le tableau où étaient inscrites les activités de l'année.

— Ses parents...

C'est tout ce qu'il a dit. Il n'a pas pu terminer. Et il est parti.

27

J'ouvrais mon casier quand Lenore est arrivée. Elle portait un pantalon noir moulant et un T-shirt argenté brillant sans soutien-gorge.

— Tu ne m'as pas rappelée hier soir.

— Je suis désolé.

— Non.

— Pardon ?

— Ça ne marche pas, Neil.

— Quoi ?

— Je suis fatiguée de faire comme si...

— Comme si quoi ?

— Comme si je t'aimais... en espérant que tu changes.

— Mais j'essaie.

Je ne savais même pas ce que je disais.

— J'en suis sûre. (Elle disait ça comme si elle était sûre du contraire.) Je n'ai pas confiance en toi, Neil. (Elle pleurait, maintenant.) Je n'ai pas confiance en toi.

Je sentais les regards sur moi.

— OK.

J'ai sorti mes livres de mon casier et je l'ai suivie des yeux jusqu'à ce que, au milieu du couloir, elle lance les mains en l'air comme si elle continuait à me parler et que notre conversation ne menait nulle part. Je me suis demandé si elle savait que je la regardais, si ce geste était destiné à me faire culpabiliser. Moi non plus, je n'avais pas confiance en elle.

28

En classe, j'ai essayé d'être attentif pendant que Mme Aemes nous faisait lire *Jules César* à tour de rôle. Tout le monde a ri quand Dan Hotchkiss a titubé de table en table et qu'on a tous fait mine de le poignarder. C'est sur mon poing qu'il s'est affalé alors que la classe applaudissait. Puis il s'est laissé tomber sur le dos et il a agité les jambes pendant que Tracey Beckwith déclarait : « Liberté, libres ! La tyrannie est morte ! » Tout était redevenu normal. Les recherches avaient eu lieu deux jours plus tôt et Ian était déjà oublié. Il faisait déjà partie du passé.

J'ai jeté un coup d'œil par la fenêtre et j'ai vu un cortège de voitures – une douzaine –, pour la plupart des Grand Am et des Monte Carlo, arriver sur le parking, puis des hommes en costume en descendre. Toutes les têtes se sont tournées vers la fenêtre et j'ai senti un souffle chaud dans mon oreille qui me disait : « Assassin ! » Quand je me suis retourné, Dayton me souriait, et en suivant son regard, j'ai vu un cran d'arrêt surgir entre ses jambes.

Après avoir quitté leurs voitures, les agents du FBI ont discuté quelques minutes puis se sont avancés deux par deux vers la porte du lycée. Burden, maintenant en costume, était parmi eux, aux côtés d'un très grand type dégingandé avec des cheveux blond filasse. Dans la classe, tout le monde disait avec excitation : « Qu'est-ce qu'ils veulent ? Tu crois qu'ils l'ont retrouvé ? »

On a frappé à la porte. C'était Mme Lowe, la secrétaire, qui a dit avoir besoin de Benny, d'Ernie et de Jane Evans, la pom-pom girl rousse, tous trois présents à la fête. Jane était copine avec toute l'équipe mais sortait avec Ronald Predwinkle, un ancien élève de Carmen qui étudiait les langues étrangères à Tulane. Je m'attendais à ce que Mme Lowe cite mon nom, mais non. Benny et Ernie se sont levés et sont sortis avec Jane. La porte s'est refermée, et je me suis demandé pourquoi ils ne voulaient pas me voir.

Personne n'avait envie de continuer à jouer *Jules César*, surtout pas Mme Aemes. Elle était debout près de son bureau, l'air bouleversé, visiblement au bord des larmes. Dan paraissait rongé de remords, comme s'il regrettait la scène de meurtre, comme si c'était une sorte d'affront à la famille de Ian. Tout le monde venait de se souvenir qu'un élève avait disparu depuis trois jours, et ce qui était drôle deux minutes plus tôt devenait désormais gênant. Je voulais leur crier qu'ils n'avaient rien fait de mal. Ça me mettait en colère qu'ils se sentent coupables d'une chose qui ne les concernait pas. Dayton et Clyde étaient les deux seuls à avoir l'air de s'en foutre.

Mme Aemes avait une expression coupable sur le visage, comme si elle y pouvait quelque chose. Mais, cette fois, pas question de nous demander de remettre nos bureaux en carré. On ne peut pas s'amuser à faire ça dès qu'il y a un problème, sinon on ne ferait jamais rien.

J'ai encore senti le souffle chaud sur mon oreille : « Assassin. » Je ne me suis pas retourné. J'attendais que Dayton me donne un coup à la nuque pour que je n'aie plus à supporter l'air coupable de Mme Aemes.

Jane est revenue seule au moment où la cloche sonnait. Elle m'a jeté un coup d'œil, puis s'est détournée quand nos regards se sont croisés comme si, à me fixer trop longtemps, elle risquait d'attraper une maladie. J'ai pris mes affaires et j'ai quitté la salle. J'avais envie de dire à Mme Aemes qu'elle n'avait pas à se sentir coupable, mais après tout, comment pouvais-je en être sûr ?

29

Il y avait plein d'élèves dans le couloir. Tout le monde était calme comme si, d'une certaine manière, ils étaient tous suspects. Comme s'ils avaient tous quelque chose à cacher. Je me suis souvenu de ces automobilistes qui freinaient d'instinct en apercevant mon père dans sa voiture de patrouille. Dès qu'il se plaçait derrière eux, ils regardaient droit devant, les mains agrippées sur le volant à dix et quatorze heures, faisant en sorte d'avoir l'air innocent, même quand ils n'avaient rien à se reprocher.

Reed était debout dans le couloir en train de répondre à Benny. Il secouait la tête. Benny a tourné les talons puis s'est dirigé vers moi. Il m'a décoché un regard et m'a croisé sans un mot. En me voyant, Reed m'a fait signe de le suivre aux toilettes.

Ses mains tremblaient. On a attendu que deux élèves sortent.

— Ils savent que c'est toi.

— Chut.

— Ils interrogent tout le monde à ton sujet. Ils veulent prouver que tu t'es arrêté quelque part sur la route.

Pendant que Reed parlait, j'ai remarqué deux pieds au bas d'une cabine. J'ai levé la main, et Reed s'est tu. On est restés silencieux jusqu'à ce que la chasse retentisse. Un agent du FBI est apparu. Il est parti sans se laver les mains.

— Ils t'ont parlé ? j'ai demandé.

— Non. Benny veut savoir ce qui se passe. Il m'a demandé ce qui avait bien pu arriver dimanche soir.

— Et qu'est-ce que tu lui as répondu ?

— Tu sais ce que j'ai répondu. Neil, dis-leur la vérité.

— Je ne peux pas. C'est trop tard. Ne t'inquiète pas, tout va bien se passer.

— Putain non, tout ne va pas bien se passer, Neil ! Il est mort !

J'ai remarqué que toutes les portes des toilettes étaient ouvertes sauf une, mais on n'y voyait pas de pieds. J'ai posé un doigt sur mes lèvres et je me suis avancé vers la cabine. J'ai poussé la porte, qui a violemment heurté la paroi.

Le couloir se vidait. Chaque élève se rendait au cours suivant.

— Je te retrouve au déjeuner.

— D'accord.

Reed a filé à son cours de dactylo. Le couloir était presque désert. Deux agents en costume avançaient dans ma direction : Burden et le grand dégingandé. Il a marmonné quelque chose, mais je n'ai pas compris ce qu'il disait. Il est passé à côté de moi et m'a fait un signe de tête qui semblait n'être que de pure courtoisie.

30

On a à peine vu les agents du FBI, mais tout le monde savait qu'ils étaient dans le gymnase. Ils ne voulaient pas semer la panique. Ils interrogeaient tous ceux qui connaissaient Ian ou qui l'avaient vu ce soir-là. Ils ont commencé par ceux qui étaient présents à la fête, puis ils ont continué en questionnant les autres élèves.

Reed et moi avons été les deux seuls à ne pas être interrogés. Ils connaissaient déjà nos réponses.

À l'heure du déjeuner, au moment où je me dirigeais vers la cafétéria, Ulster m'a fait venir dans son bureau et m'a demandé de m'asseoir.

— Il faut qu'on parle, m'a-t-il dit. Je ne sais pas ce qui se passe avec toi. Je ne sais pas si tu as quelque chose à me dire. Si tu souhaites te confier à moi, c'est possible, je veux simplement que tu saches que je suis avec toi.

— D'accord.

J'observais les photos de ses deux enfants. Son aîné, Robert, avait été élève au lycée de Carmen mais il ne faisait pas partie de l'équipe de football. C'était un garçon calme et introverti qui jouait du xylophone dans l'orchestre du lycée.

Ulster s'agitait d'un air gêné dans son fauteuil, comme s'il essayait de se gratter dans le dos à un endroit impossible à atteindre.

— Écoute, j'ai besoin que tu saches que le match de samedi n'est pas un simple match pour moi. Je n'en parle pas beaucoup, mais je tiens personnellement à gagner contre Vegas. Moi et... tu connais leur entraîneur, Ruben. Bref, on a des comptes à régler, et... ça serait tellement bien si, au final, on pouvait foutre une raclée à ces connards.

Je faisais la queue à la cafétéria pour prendre mes plats : un friand à la viande, de la purée et des légumes. Par la vitre de séparation, je voyais Lenore avec Amy à une table en angle. Ça m'avait travaillé toute la matinée, de savoir avec qui j'allais m'asseoir. J'aurais voulu me mettre avec Reed mais il n'était nulle part. Je savais que si je n'allais pas avec l'équipe, ça paraîtrait suspect. Or, il fallait qu'ils sachent qu'il n'y avait pas d'embrouille avec moi. J'avais senti les regards sur moi toute la matinée ; pourtant, dès que je les affrontais, les gens détournaient la tête.

J'avançais dans la salle en essayant de me décider. J'ai aperçu Mary mais j'ai fait semblant de ne pas la voir et je me suis dirigé vers la table des footballeurs. Quand je me suis assis, ils se sont tus, comme s'ils ne pouvaient plus poursuivre leur discussion.

D.J. Farby était à ma droite.

— Salut.

— Salut.

Il a plongé le nez dans son assiette. On s'est tous mis à manger en silence. Je ne voulais pas regarder Mary. J'ignorais ce que les autres lui avaient dit. Quand j'ai levé les yeux, elle me souriait. Elle était assise avec Paula et Judy. Elle s'est levée en emportant son plateau et s'est approchée de notre table.

— Je peux m'asseoir ?

— Bien sûr.

Tous les gars ont regardé ailleurs quand elle s'est installée à côté de moi : personne ne le lui interdirait. On était tous comme Mme Aemes, perdus, à attendre que quelqu'un nous dise ce qu'on devait faire. Mary a eu l'impression que c'était sa faute. Comme elle venait d'arriver, elle a pris ce silence pour elle.

— Je dois m'en aller ?

— Non, c'est bon, j'ai dit.

On a mangé en silence, puis elle a posé sa fourchette et mis la tête sur mon épaule.

J'ai promené mon regard dans la salle et j'ai aperçu Kevin Bottoms assis à une tablée de garçons. Je l'ai observé un moment en me demandant ce qu'il avait dit au FBI. Puis j'ai vu à côté de qui il était : Joe Maine, notre coupeur d'oranges. Et brusquement, je me suis souvenu du lundi matin, quand mon père s'était garé devant le lycée et que Joe traversait péniblement le parking avec son seau de quartiers d'orange. Je me suis souvenu du signe qu'il m'avait fait alors que j'étais assis à l'avant de la voiture. Avec mon chapeau sur la tête.

Mary promenait sa main sur ma cuisse. Du coin de l'œil, j'ai vu Lenore quitter la cafétéria avec Amy.

— Il faut que j'y aille, ai-je annoncé.

— Je peux venir avec toi ?

— Non. Je... je... dois y aller.

Je me suis levé et je suis sorti de la cafétéria. J'ai descendu le couloir et je me suis précipité aux toilettes. Je me regardais dans la glace quand j'ai vu les Puma rouges de Reed sous une porte.

— Reed ? (Il a ouvert la porte. Il mangeait assis sur les toilettes, l'air malheureux.) Ça va ?

— Je crois que je ne peux pas faire ça.

Je ne savais pas quoi répondre.

— Tu veux qu'on aille en parler dehors ?

— Non. (Il a secoué la tête.) Je veux juste être seul.

Je suis sorti et j'ai fait le tour du lycée pour voir si les gosses ne seraient pas encore en train de fumer dans le coin, mais il n'y avait qu'un type et une fille en train de se tripoter, alors j'ai continué mon chemin. J'ai traversé la rue et pris la direction du centre commercial. Je ne voulais pas retourner en cours. Je ne voulais plus jamais revoir personne que je connaissais.

Le centre commercial était vieux et commençait à être bien dégradé. Il était rempli de visages connus, ceux d'anciens élèves dont on se disait : « Je me demandais ce qu'il était devenu. » Ils avaient loué une trappe à merde dans un sous-sol et s'étaient laissé engloutir.

Je me suis arrêté à l'animalerie. Au moment où je m'approchais, les chiens en cage ont tout à coup eu l'air très excités, ils remuaient la queue et essayaient de me lécher la main. Il y avait une pancarte au-dessus des cages :

PAS DE GARANTIE, PAS D'ÉCHANGE
VENDU EN L'ÉTAT

J'ai demandé au gars qui tenait le magasin si je pouvais les nourrir, mais il m'a répondu qu'ils avaient déjà mangé pour la journée.

Je n'avais pas envie de retourner en cours avec Russell mais je n'avais nulle part où aller. En traversant la rue, j'ai de nouveau aperçu Brian. Il était adossé au même camion que la veille et discutait avec l'un des types plus âgés. Cette fois, il m'a reconnu. J'étais sûr qu'il m'avait vu mais il ne m'a pas fait signe, il est resté face au type à qui il parlait. Pendant une seconde j'ai eu envie de lui hurler à la figure, là, en pleine rue. J'ai eu envie de lui hurler qu'il m'avait vu mais à la place, j'ai traversé et je suis rentré dans le lycée.

31

Je suis arrivé en retard au cours de Russell. Il n'a fait aucun commentaire pendant que je rejoignais ma place. Je sentais les regards sur moi. En m'asseyant, je me suis demandé s'ils savaient. Tous ceux qui étaient à la fête chez Fred, tous ceux qui avaient vu dans quel état j'étais ce soir-là.

J'ai aperçu par la fenêtre les agents du FBI qui se dirigeaient vers leurs voitures. Burden leur a serré la main en leur tapant dans le dos. Ils ont bavardé tous ensemble puis ont repris leur véhicule et sont partis, sauf Burden et son collègue dégingandé. Alors qu'ils continuaient à discuter sur le parking, Burden a tourné la tête et son regard s'est arrêté mine de rien sur ma fenêtre au premier étage. Il m'a regardé droit dans les yeux comme s'il me disait : « Je sais où tu es et je sais ce que tu fais. » Son regard m'a transpercé. Puis ils sont tous les deux rentrés dans le lycée.

Au moment où je quittais la salle, Russell m'a arrêté.

— Puis-je vous parler ?

— Ouais.

— J'ai vu votre contrôle hier. Il y a un problème ?

— C'est juste que... j'étais pas bien, hier.

Je n'allais tout de même pas cracher le morceau à ce type.

— Vous croyez que je ne sais pas ce que vous faites ?

— Pardon ?

— Vous n'en êtes peut-être pas conscient, mais je vois très bien ce qui se passe dans cette classe. (Il avait l'air distant, comme si ça ne le touchait pas, comme si ça lui était égal que j'en sois conscient ou pas.) Mon boulot n'est pas de fliquer les élèves, mon boulot, c'est d'enseigner les mathématiques à quiconque veut les apprendre. Vous n'êtes pas obligé de venir si vous n'en avez pas envie. Vous êtes conscient d'avoir ce choix ?

— Oui.

C'était la première fois que Russell me parlait, je veux dire, qu'il me témoignait la moindre marque d'intérêt. Tout ce que j'avais pu faire est revenu en bloc à ma mémoire, et brusquement, j'ai compris qu'il n'avait pas peur de nous. Il était juste en colère. Tout ce qu'il voulait, c'était enseigner les maths. Il voulait faire son boulot, et puis rentrer chez lui et retrouver sa famille.

— Vous êtes un jeune homme intelligent, et je ne dis pas ça pour vous faire peur, mais je vous vois foutre votre vie en l'air. Je vous vois faire des choses qui vont uniquement vous rendre la vie plus difficile.

On est restés une minute sans rien dire. J'attendais qu'il continue. Je ne sais pas ce que j'espérais, sans doute qu'il me donne une solution, ou au moins une idée pour me rendre la vie moins difficile. Mais il ne l'a pas fait. Il avait terminé. Je vous vois foutre votre vie en l'air.

32

On était dans le vestiaire en train de se préparer pour l'entraînement. Il n'y avait pas les hurlements et les habituels coups de gueule. Certains essayaient de faire comme si tout était normal mais j'entendais presque ce qu'ils taisaient. Je jetais sans cesse des coups d'œil à Joe Maine, qui était en train d'organiser le ravitaillement en eau de l'équipe.

Reed était tout seul, l'air accablé, tête baissée, à lacer et délacer ses chaussures à crampons. Je me suis tourné vers Fred, assis à côté de moi.

— C'était un bon entraînement, ce matin.

— Merci, a-t-il répondu froidement en passant son chandail par la tête.

Il n'était pas lui-même. Personne ne l'était.

Ulster est arrivé et nous a fait son speech.

— On a eu quelques soucis cette semaine (il appelait Ian un « souci »), mais je veux que vous vous sortiez ces histoires de FBI de la tête, et qu'on forme vraiment une équipe, aujourd'hui.

Puis il nous a obligés à nous rassembler en nous tenant les uns les autres pour hurler ce stupide cri de ralliement du lycée.

Alors qu'on déboulait du vestiaire dans le couloir, j'ai failli buter dans Burden et son collègue, qui tenait un classeur pendant que Burden nous demandait nos noms. Quand ils sont arrivés à moi, Burden s'est contenté de me faire signe de passer. Au moment où je sortais, j'ai été pris à la gorge par la chaleur sèche du désert. J'ai jeté un coup d'œil derrière moi pour savoir s'ils avaient arrêté Joe, mais il était encore dans les vestiaires. On aurait dit une horde de chevaux, quarante gars avec leurs chaussures à crampons qui claquaient sur le goudron du parking en direction du terrain. D'habitude j'adorais ce bruit, celui d'une vraie bande qui courait, mais ce jour-là, je n'y faisais pas attention, je n'arrêtais pas de me retourner pour voir si Joe allait enfin sortir du lycée.

Plusieurs pères de joueurs étaient debout à l'entrée des gradins. Ils se moquaient d'Ed, le père de Benny, un type nerveux et grande gueule qui leur racontait comment sa femme l'avait quitté. On avait entendu son histoire des millions de fois. Sa femme était partie avec un représentant en climatiseurs de Phoenix qu'elle avait rencontré un soir dans le hall du Tropicana pendant qu'Ed jouait aux machines à sous. Quand il l'avait retrouvée au bar avec « Ken » deux heures plus tard, elle avait déjà décidé qu'elle était amoureuse et qu'elle partait vivre à Phoenix le lendemain.

— Deux heures, n'arrêtait-il pas de répéter. Deux heures.

Ils riaient tous, mais le père du Pingouin, Pete, riait plus fort que tout le monde. Il se tenait le ventre et sanglotait presque pendant qu'Ed racontait avec enthousiasme comment il avait essayé de se battre avec Ken, mais que le type l'avait mis KO d'un seul coup de poing. Pete riait si fort qu'on ne pouvait s'empêcher de penser qu'il devait vraiment souffrir.

La femme d'Ed vivait à Phoenix avec Ken depuis près de cinq ans « et le comble, c'est que je l'ai eue ce matin au téléphone, et qu'elle m'a dit, écoutez bien ça, qu'elle n'avait jamais été aussi heureuse de sa vie ! ».

Ça n'a pas raté, les genoux de Peter Nutt ont cédé, il était par terre et il répétait « deux heures... deux heures » pendant que les joueurs l'enjambaient sur les marches menant au terrain.

Mon père se tenait près de Stokely qui, encore en uniforme, était venu en voiture de patrouille assister à l'entraînement. Il s'est tourné vers moi et m'a donné une tape dans le dos pendant qu'Ed continuait à se répandre.

— Je nous ai trouvé deux places pour Neil Diamond ce soir.

— Ah.

C'est tout ce que j'ai pu dire. Je n'avais pas envie d'aller voir Neil Diamond. Je n'avais pas envie d'aller à Las Vegas avec mon père.

— On va bien s'amuser.

Je savais pourquoi on allait à Vegas. Kimmy était partie, alors il devait se trouver une nouvelle copine. Pour lui, c'était comme aller faire des courses. Il voulait que je l'accompagne afin de ne pas être seul. Je n'arrêtais pas de regarder la porte du lycée pendant que mon père parlait. Elle s'est ouverte, Fred est apparu chargé du ravitaillement d'eau, et j'ai su qu'ils étaient en train d'interroger Joe.

33

Tout ce que je voyais, c'étaient des taches de couleur qui jaillissaient devant moi. On faisait une mêlée pour se préparer au match de samedi contre le lycée de Las Vegas. Je me suis glissé sur la gauche, j'ai attrapé le ballon par une trouée entre Benny et le Pingouin et je l'ai lancé comme un boulet à travers le terrain en direction de Reed qui courait. Il s'est retourné et, au même instant, le ballon lui a atterri dans les bras.

— Je vous veux aux trois quarts de vos possibilités, je refuse qu'un de mes gars se blesse aujourd'hui.

Ulster était sur la ligne de touche en train de mâchonner ses graines de tournesol. Je n'arrêtais pas de regarder en direction de la porte du lycée, j'attendais qu'elle s'ouvre et que les agents du FBI apparaissent. Je me demandais ce que Joe était en train de leur dire. Je me demandais s'il se souvenait de m'avoir vu ce matin-là.

Ulster nous hurlait des instructions depuis la ligne de touche.

— C'est pas comme ça qu'on se déplace ! Un, deux, trois, on y va, maintenant !

Mais personne n'y prêtait attention. Personne n'était d'humeur à jouer, je sentais qu'ils me regardaient tous en se demandant ce que je dissimulais.

Fred m'a lancé le ballon. J'ai reculé d'un pas. Je regardais les portes du lycée quand tout à coup, surgissant de nulle part, le Pingouin m'a percuté et pris le ballon. En me relevant, j'avais la tête qui tournait.

— Qu'est-ce que tu fous ?

Le Pingouin s'est contenté de hausser les épaules et de s'éloigner d'un pas nonchalant, comme s'il n'y avait rien de spécial, comme s'il ne s'était tout simplement pas rendu compte de sa force. Puis, à la limite de mon champ de vision, j'ai aperçu Norman Lime debout en haut des gradins qui parlait dans son portable. Ensuite, il a dévalé les marches jusqu'à Ulster, a mis une main en visière et a commencé à observer le terrain.

On s'est regroupés.

— Qu'est-ce qui se passe, putain ?

C'était Travis Earl. Il avait l'air perdu. C'était sa première année. Il aurait dû barrer la route au Pingouin, mais il ne s'attendait pas à un tel passage en force.

— Lime, a soufflé quelqu'un.

Et là, tout a changé. On était censés jouer aux trois quarts de nos possibilités, mais avec Lime sur la ligne de touche, les gars se sont tous mis à donner le meilleur d'eux-mêmes. D'un coup d'œil aux gradins, j'ai vu que nos pères avaient cessé de parler et qu'ils étaient penchés sur leurs bancs. Stubby me regardait avec appréhension, comme si je détenais son avenir entre mes mains.

Fred m'a lancé le ballon. Je suis resté en arrière et j'ai fait à Reed un tracé de passe sur la ligne de touche à dix-sept mètres avant qu'Ernie Gates l'attrape aux genoux et le plaque comme un sac de plomb. Ulster m'a hurlé depuis la ligne de touche :

— Y a quelqu'un d'autre que toi dans ta petite équipe, Garvin ?

On s'est regroupés.

— OK. On va faire un 32 Y flat.

Je gardais la tête baissée.

— Qu'est-ce que tu dirais de partager un peu le trésor, Garvin ?

C'était Stubby. Il faisait la même tête que le soir où il m'était tombé dessus : très calme et prêt à exploser. Reed se contentait de regarder par terre sans dire un mot.

— Fais ce que je te dis.

— Allez, les gars, on joue.

— Va te faire foutre.

— On fait ce que Ulster nous dit, trouduc.

— Comment tu m'as appelé ?

— Trouduc. Trouduc !

J'ai levé la tête et j'ai vu deux élèves sortir du lycée.

— Pourquoi t'arrêtes pas de regarder les portes ?

Je n'ai pas répondu à Stubby et on a repris nos places. Fred m'a lancé le ballon. Stubby et Reed couraient tous les deux et ils ont plongé en direction de l'intérieur, droit vers le centre. Les couleurs se précipitaient sur moi. Je ne regardais pas les visages, ça induit en erreur. J'observais les hanches. Ce sont elles qui donnent la bonne direction, même quand le reste du corps va dans l'autre sens. Ulster disait toujours : « Votre centre de gravité ne ment jamais et vous trahit toujours. »

J'entendais les avions de chasse de la base de l'Air Force au-dessus de nous. Leur vol en formation était parfait, et nous, on faisait exactement la même chose, on répétait des manœuvres simples. On était tous en guerre, que ce soit dans les airs, sur le terrain ou dans la putain de cafétéria d'un putain de petit lycée de merde au milieu d'un putain de *peu importe*. Et pourtant c'était important ! Stubby et Reed entraient tous les deux dans la zone de but quand brusquement, j'ai été pris de terreur. Pour une putain de raison, je me sentais tout d'un coup une putain de responsabilité. J'entendais une voix me hurler que j'étais responsable, que mes actes ne resteraient pas impunis. Cette voix si sûre, solide comme un roc, me disait que tout choix compte : dire bonjour au concierge, traiter un type de morveux ou mal se comporter avec les boutonneux qui fument dans un coin. Je ne savais pas pourquoi je pensais à ça, mais tout à coup, ça m'a semblé plus important que tout.

Reed et Stubby chargeaient dans la zone de but et j'entendais dans mon oreille droite Ulster me hurler, me hurler de lancer le ballon. Reed regardait par-dessus son épaule, courant à toute vitesse et s'éloignant de plus en plus. Je détestais mon père qui m'obligeait à jouer. Je détestais Lime qui m'obligeait à mentir, Reed qui me faisait confiance, l'équipe qui comptait sur moi et Burden qui ne lâchait pas le morceau. Je détestais tous ceux qui attendaient de moi ce que je n'étais pas, un individu dont je doutais qu'il existe.

Mon bras a reculé tout seul, j'ai regardé le ciel et j'ai eu l'impression de bondir, comme si quelque chose me soulevait, d'épais nuages noirs passaient tout près, me traversaient, ils avaient la forme des sandwiches de la mère de Fred, j'ai senti que le ballon quittait mes mains, j'ignorais si je l'avais lancé, si on me l'avait pris ou même si j'étais encore en vie puisque plus rien n'avait d'importance et que je me foutais de qui l'attraperait parce que tout ce que je voulais c'était dormir pendant un million d'années, puis tout est devenu noir et j'étais seul dans un nuage tiède et humide qui souriait comme un sandwich fou et scintillant.

34

J'étais couché par terre avec plusieurs gars sur moi. Il y a eu un long silence, puis tout le monde a explosé. J'ai tourné la tête et j'ai vu Ulster, la main sur la bouche, le regard ébahi. J'ai entendu le Pingouin murmurer : « Jésus Presley » alors qu'il regardait l'action au bout du terrain.

Il regardait Reed attraper le ballon.

Reed est revenu vers nous avec le ballon. Stubby l'a rejoint et a passé un bras autour de ses épaules pour le féliciter. Reed a hoché la tête sans s'arrêter. Il regardait droit dans ma direction. D'autres joueurs se sont approchés mais Reed a fait comme s'il ne les voyait pas, et ils se sont écartés. Pendant qu'il marchait vers moi, j'ai observé ses yeux et j'y ai vu de la souffrance. Il avait mal. Il avait plus mal que jamais sur un terrain. On partageait un secret, maintenant. Il n'avait rien demandé, il était innocent, mais je lui avais volé son innocence. Il m'a tendu le ballon, on était à trente centimètres l'un de l'autre quand il m'a fait un signe de tête et a lâché : « D'accord. »

Puis les portes du lycée se sont ouvertes et Joe Maine est sorti avec les agents. Burden et son collègue traversaient rapidement le parking en direction du terrain. Je me suis tourné vers mon père qui, debout au sommet des tribunes, dépassant tout le monde d'une tête, un sourire stupide sur le visage, applaudissait mon lancer avec ces mains de géant qui, elles aussi, possédaient leur secret. Ses lèvres remuaient, mais je ne comprenais pas ce qu'il prononçait. On aurait dit un fantôme souriant, la réincarnation d'un cow-boy sauvage. Je suis resté au milieu du terrain à regarder mon père, et j'ai vu ce que j'allais devenir.

35

Burden et son collègue dégingandé ont descendu l'escalier d'un pas assuré vers Ulster. Puis Burden lui a dit quelque chose à l'oreille.

— Garvin ! Banks !

Ulster nous faisait signe d'approcher. À cet instant, mon père s'est mis à dévaler les marches.

J'ai traversé le terrain avec Reed, nos pieds martelant le sol en cadence. Norman Lime voulait nous parler, mais Burden l'a écarté d'un geste.

— Nous aimerions vous poser quelques questions, les gars, a déclaré le collègue de Burden.

Mon père se tenait déjà entre nous. Il désignait Burden du doigt.

— Il a déjà parlé à mon fils hier.

— Shérif, il s'agit désormais d'une enquête fédérale. Nous avons des raisons de croire que la disparition de Ian Curtis relève du kidnapping ou de la séquestration.

— Ah bon ? Vraiment ? Et quelles sont ces raisons ?

— Nous ne pouvons pas en discuter.

— Mais vous avez une preuve ?

— C'est confidentiel.

Il mentait. C'était le seul prétexte que pouvaient invoquer les fédéraux pour se mêler de l'affaire : déclarer qu'ils enquêtaient sur un kidnapping.

— Je m'appelle Pile.

L'agent dégingandé portait un costume bleu foncé et une cravate grise ainsi qu'une impeccable chemise blanche. Il a tendu la main à mon père.

— Ce nom vous va à merveille[1], a commenté mon père.

— Et si nous allions parler de tout cela dans le gymnase ?

Mon père les a dévisagés.

— Cela peut également se faire devant un jury d'accusation, a ajouté Burden.

— Il n'y va pas, a dit mon père à Pile en désignant Burden.

Pile souriait.

— Ne vous inquiétez pas. C'est moi qui poserai toutes les questions. Nous sommes déterminés à retrouver ce garçon. Nous ne voulons pas nous mêler de votre enquête, et s'il y a quoi que ce soit que nous pouvons faire pour vous aider, j'aimerais que vous nous le fassiez savoir.

---

1. *Pile* signifie, entre autres, pieu ou pilotis. Sachant que l'individu en question est très grand... *(N.d.T.)*

— Vous pouvez me dire pourquoi vous supposez qu'il y a eu enlèvement ?

Pile n'a pas répondu à cette question et a continué à sourire comme si de rien n'était. Reed ne quittait pas le sol des yeux.

Mon père a observé des saletés imaginaires sous ses ongles, puis il a dit :

— Très bien, on y va.

— Nous préférerions parler seuls à Neil.

— Eh bien, considérez que je suis son conseiller juridique.

Stokely s'était avancé depuis les tribunes.

— Tout va bien ?

— Ils veulent poser quelques questions aux gosses.

— Oh !

— Et si tu nous accompagnais ? a dit mon père à Stokely tout en souriant à Pile.

Stokely nous a accompagnés alors qu'on montait les marches, passant devant les paires d'yeux braquées sur nous. Puis on a traversé le parking et on est entrés dans le lycée. Personne ne parlait alors qu'on descendait le couloir en direction du gymnase. Je marchais derrière Reed. Nos crampons résonnaient sur le sol en ciment.

Burden et Pile nous ont ouvert le gymnase. Ils avaient installé des tables avec deux chaises de chaque côté, et des journaux étaient scotchés aux petits carreaux des portes. Reed et moi on s'est assis face à Burden et Pile, tandis que mon père se mettait au bout de la table et que Stokely restait debout.

Pile a posé la première question :

— Vous étiez tous les deux à la fête chez Fred Billings dimanche soir ?

Il disait ça comme si lui et Fred étaient de vieilles connaissances.

On a fait signe que oui. Il s'est tourné vers moi :

— À quelle heure avez-vous quitté la fête ?

— Après minuit.

— Avez-vous vu quelqu'un sur la route ?

— Non.

— Aviez-vous bu ?

— Oh là, une minute, l'a interrompu mon père.

— Votre fils est un suspect, shérif. Nous cherchons à déterminer dans quel état mental il était ce soir-là.

Ça n'avait pas d'importance. Tout le monde savait que j'étais saoul.

— Ouais.

— Quelle quantité aviez-vous bue ?

— Environ sept bières, je crois.

Pile s'est tourné vers Reed.

— Et vous, aviez-vous bu ?

— Oui, monsieur.

— À quelle heure avez-vous quitté la fête ?

— C'était après minuit.

— Êtes-vous parti pour une raison particulière ?

— J'avais le chapeau de Neil, et je voulais le lui rendre.

Sachant qu'ils allaient lui poser cette question, Reed les devançait.

— Et l'avez-vous fait ?

Il n'a même pas hésité. J'ai été surpris par la vitesse à laquelle il a répondu :

— Non.

— Neil était parti depuis combien de temps quand vous êtes parti à votre tour ?

— Je ne sais pas.

— À peu près.

— Peut-être dix minutes.

— Pourquoi ne pas lui avoir rapporté son chapeau chez lui ?

Je sentais les yeux de mon père qui scrutaient intensément Reed.

— Il était tard. Sans doute que j'ai eu peur de réveiller quelqu'un.

— Avez-vous vu quelqu'un sur la route ?

— Non, monsieur.

— Vous n'avez pas vu deux enfants marcher au bord de la route ?

— Non, monsieur.

— Très bien.

Pile a posé tranquillement un coude sur la table, et tout son corps s'est détendu. Il a regardé Reed droit dans les yeux.

— Quand avez-vous rendu son chapeau à Neil ?

— Lundi matin après l'entraînement.

— Vous en êtes sûr ?

Reed a hoché la tête en essayant de ne pas quitter Pile des yeux.

— Oui, monsieur.

J'ai senti que le gymnase tout entier se mettait à tanguer comme si j'étais sur un bateau. Pile s'est tourné vers moi.

— Est-ce bien à ce moment-là qu'il vous a rendu votre chapeau, Neil ?

Je m'apprêtais à répondre oui et à confirmer les dires de Reed quand mon père a pris la parole :

— Si cela ne vous dérange pas que je vous interrompe, je me souviens que Neil avait son chapeau quand il est rentré ce soir-là.

Mon père a dit ça d'un ton anodin, comme si on était en train de faire un pique-nique. Puis je me suis souvenu qu'il avait vu Joe Maine le lundi matin quand on était arrivés en voiture. Il savait que Joe m'avait aperçu avec mon chapeau, or il venait de voir Pile sortir du lycée avec lui. Il savait qu'ils essayaient de me prendre en flagrant délit de mensonge.

— Et si tu leur disais tout simplement la vérité, fils ?

J'ai observé mon père. Reed serrait son casque dans ses mains et regardait par terre. Mon cerveau travaillait à toute allure pendant que j'essayais d'inventer une histoire, mais je n'y arrivais pas, j'étais trop nerveux. J'ai murmuré à Pile :

— Oui.

— Pardon ?

— Il m'a rendu mon chapeau sur la route.

Pile et Burden ont échangé un bref regard, puis Pile a demandé :

— Et comment a-t-il réussi à vous rejoindre, d'après vous ?

J'ai regardé mon père.

— Pourquoi regardez-vous votre père ?

— Eh, laissez-le un peu tranquille, vous lui faites peur ! a râlé mon père.

— Je ne sais pas, ai-je répondu.

— Vous ne savez pas pourquoi vous regardez votre...

— Je ne sais pas comment il m'a rattrapé.

J'étais incapable de regarder qui que ce soit, ni Reed, ni mon père, ni les agents. Je fixais la table devant moi.

— C'est un trajet de huit kilomètres. Combien de temps faut-il pour aller de chez Fred à chez vous ?

— Je ne sais pas.

— Six minutes ? Sept, peut-être.

— Sans doute.

— Et il est parti dix minutes après vous ? Comment aurait-il pu vous rattraper ?

— Je ne sais pas.

— Vous n'en avez aucune idée ?

— Vous êtes sourd à ce point ? C'est ce qu'il vient de dire, a lancé mon père, de plus en plus impatient.

— Il faut croire que je roulais lentement.

— Est-il possible que vous vous soyez arrêté quelque part sur la route ?

Je voulais leur répondre oui, que je m'étais arrêté en chemin et que c'était comme ça que Reed m'avait rattrapé, mais mon père a déclaré :

— Il a déjà répondu à cette question.

Pile s'est éclairci la gorge et s'est efforcé de ne pas s'énerver.

— Dites-moi comment, selon vous, Reed a réussi à vous rattraper.

— Vous recommencez.

— Vous, arrêtez ces conneries ! s'est exclamé Pile qui tout à coup perdait son calme. Dites-nous simplement ce qui s'est passé, putain ! Nous avons un témoin qui déclare avoir vu Neil avec son chapeau lundi matin. Reed l'a rattrapé sur un trajet de huit kilomètres, mais Neil ne s'est pas arrêté en route. Il manque dix minutes à votre histoire, mon garçon ! Dix bonnes minutes !

Reed serrait son casque et pleurait.

— Ça suffit. C'est terminé.

Mon père s'est levé et m'a saisi par la main.

— Eh là, eh là, attendez une seconde. (Pile souriait.) D'accord, d'accord, je suis désolé. (Il s'est forcé à rire.) Allons prendre un peu l'air, d'accord ?

— Non, on ne va pas prendre un peu l'air. Et vous n'allez pas harceler ce jeune homme uniquement parce qu'il se trouve être le fils du shérif !

— Pardon ? a demandé Pile.

Stokely regardait la scène d'un air ébahi.

— Vous autres salopards de fédéraux, vous avez une dent contre les flics, et vous rêvez d'épingler ce gamin innocent uniquement parce qu'il est le fils du shérif ! Et si à mon tour, je posais quelques questions, maintenant ? (Il s'est rassis et tourné vers Reed.) À quelle vitesse roulais-tu ? Plutôt vite, non ?

Reed a hoché la tête.

— Cent cinquante ? Cent soixante ? (Reed commençait à trembler.) Je t'ai vu conduire cette bagnole, lui a assené mon père.

La salle était plongée dans le silence. Debout derrière nous, Stokely se contentait de regarder la scène, ahuri, sans comprendre ce qui se passait.

— C'est un interrogatoire du FBI, a protesté Pile.

— Je pense que nous cherchons tous la même chose, ici, n'est-ce pas ? a dit mon père.

— J'en doute, a grommelé Pile.

— Si vous n'avez pas d'autres questions, pourquoi vous ne foutez pas le camp d'ici ?

— Nous voulons examiner votre voiture, a lâché Pile.

Mon père l'a dévisagé et a souri.

— Dégotez-vous un mandat.

Burden a pris Pile par le bras, l'a attiré à l'écart, et lui a murmuré quelque chose à l'oreille. Pile s'est tourné vers nous. Il souriait.

— Très bien. Il faut croire que je me suis emporté. Eh bien, je suis désolé que cette entrevue soit devenue si... pénible. Nous allons partir. Et... nous emmenons Reed en ville pour lui poser quelques questions supplémentaires.

— C'est ça, oui.

— Exactement, c'est ça.

— Vous feriez mieux de me montrer votre autorisation. (Mon père s'est levé, et sa chaise a basculé.) Il n'y a pas violation de la loi fédérale sur ce cas, c'est donc une affaire locale.

— Ne me provoquez pas, a dit Pile en se plaçant à la même hauteur que mon père.

J'ai regardé les pieds de Stokely s'écarter comme s'il se préparait à se battre. Mon père n'a pas reculé, mais ne s'est pas mis en colère non plus. Il le fusillait du regard, et il a presque souri en disant :

— En temps normal, je vous laisserais l'emmener, mais il y a juste un petit problème.

— Lequel ?

— Il est en état d'arrestation.

— Pour quelle raison ?

Reed regardait fixement le sol. Je voulais dire quelque chose, m'excuser. Mon père a annoncé sans la moindre hésitation :

— Kidnapping.

— Kidnapping ? Mais il n'y a pas de preuve ! s'est écrié Burden.

— Ah bon ? a dit mon père. Dans ce cas, pourquoi êtes-vous ici ?

Burden a lancé un regard noir à mon père.

— Maintenant, quittez mon comté, ou je vous fais arrêter tous les deux. (Ils sont restés un moment immobiles. Mon père s'est tourné vers Stokely.) Passe-lui les menottes.

— Pour kidnapping ? a demandé Stokely, l'air perdu.

— Suspicion de meurtre, a marmonné mon père. Il était saoul. Il roulait trop vite. Son histoire ne tient pas debout.

Stokely a sorti ses menottes et a commencé à réciter ses droits à Reed. Burden et Pile ont observé la scène, puis ont quitté la salle d'un pas raide. Les mains derrière le dos, Reed pleurait. Mon père l'a regardé, puis s'est détourné. Reed essayait de croiser mon regard, mais j'étais incapable de l'affronter.

Stokely a guidé Reed par la main droite en portant son casque dans sa main gauche. Je suis resté debout près de mon père. La salle était vide et froide.

— Et voilà...

Son regard s'est promené le long du mur. Il avait l'air de se souvenir de quelque chose de très ancien. Je me suis demandé ce que c'était. Il s'est tourné vers moi et il a souri.

— Tu es prêt à aller à Vegas ?

36

Comme je le disais, mon père mettait toujours au moins une heure à se préparer pour Neil Diamond. Il était dans la salle de bains du bas pendant que la chaîne passait du Diamond à fond. Il écoutait *On the Way to the Sky*. Assis sur mon lit, je pensais à Reed. Il était en prison. Mon ami était en prison. J'ai entendu mon père sortir de la douche et je me suis senti furieux. Tous les bruits en provenance d'en bas attisaient ma colère. Je le détestais. Et je détestais le fait d'avoir si peur de lui, si peur de tout.

Je suis descendu. Dans le salon, certains meubles avaient disparu. J'ai regardé l'écran de la télévision. Il y avait un trou en plein milieu. Kimmy avait passé la journée à déménager. Mon père n'avait pas parlé de son départ, il n'y avait pas la moindre lettre. C'était comme si elle n'avait jamais vécu là.

La porte de la chambre de mon père était ouverte. Je l'ai aperçu debout devant la glace en train de se raser avec son rasoir électrique. Il m'a vu dans le miroir et m'a souri. Il était entièrement vêtu de noir. Il portait sa chemise de cow-boy noire avec le liseré pourpre, une veste sport noire et un jean noir. Il avait acheté ce jour-là de nouvelles bottes noires en lézard, et ses cheveux étaient gominés et coiffés en arrière. Ses mèches argentées se voyaient beaucoup plus quand ses cheveux étaient comme ça. Et il puait l'eau de Cologne. On aurait dit qu'il voulait masquer une odeur dont il ne pouvait jamais se débarrasser, comme s'il avait honte de sa véritable odeur.

— Je ne viens pas à Vegas, j'ai dit.

Il a éteint son rasoir.

— Qu'est-ce que c'est que cette histoire ?

Le brusque silence m'a effrayé, et pendant une seconde, j'en ai perdu la voix.

— C'est que...

Il m'a fait un clin d'œil.

— Juste deux petites minutes. Hé, si tu mettais tes peaux de serpent ?

Je suis remonté dans ma chambre, j'ai retiré mes chaussures de soirée et j'ai mis les bottes en peau de serpent que mon père m'avait offertes pour mon dernier anniversaire.

Je l'entendais en bas. Il ne tenait pas en place. Il claquait dans ses doigts, sifflait et faisait des bruits avec sa langue. Il allait et venait dans la maison en finissant les préparatifs, mettre sa cravate-lacet, éteindre les lampes du salon, baisser le volume de la chaîne. Il laissait toujours la musique jusqu'à la dernière minute. Quand il était prêt à partir, il éteignait la chaîne et sortait. Il devenait très méchant si on lui disait quelque chose après qu'il eut éteint la musique. Une fois, quand j'étais encore petit, je lui avais demandé de faire mes lacets alors qu'on se dirigeait vers la porte et il m'avait hurlé : « Pourquoi tu ne l'as pas dit avant que j'éteigne la musique ! » J'ai vite appris qu'une fois la musique éteinte, il fallait décamper de la maison.

37

Le soleil se couchait quand on est partis pour Las Vegas. La nuit tombe vite, dans le désert. Ça me permettait de voir à quel point le monde bougeait quand parfois, j'avais la sensation de rester sur place. Je détestais Las Vegas. Parfois, je me disais que c'était juste parce que mon père aimait tant cette ville mais en fait, c'était à cause de la façon dont les gens se comportaient là-bas. Là-bas, ils devenaient prêts à tout. Ils oubliaient qui ils étaient vraiment. Ils venaient chercher le plaisir immédiat et repartaient en ayant détruit leur vie. De loin, Las Vegas avait l'air d'un endroit génial, c'était une ville magique qui attirait tout le monde avec la promesse de trésors cachés mais avant même qu'on s'en aperçoive, on se retrouvait prisonnier, et la ville vous dévorait. Le bruit et les lumières clignotantes vous donnaient l'impression d'être constamment agressé.

On est passés devant le Silverado Mobile Home Park où habitaient Dayton et Clyde. Deux Mexicains assis sur un banc attendaient le bus avec des bouteilles de bière dans des sacs en papier. On a abordé la ville par le nord. Les quartiers nord de Vegas étaient pauvres et dangereux. Ce n'étaient que boutiques de prêteurs sur gages, librairies pornos, garants pour types en conditionnelle, chapelles de mariage et un tribunal ouvert vingt-quatre heures sur vingt-quatre le week-end. On est passés devant un magasin qui s'appelait tout bêtement « On achète de l'or ». Les pompes funèbres américaines promettaient un « service digne à des prix abordables ». Un vieil alcoolo au visage tanné est passé devant notre voiture en titubant et nous a décoché un sale regard alors qu'il se dirigeait tant bien que mal vers un motel dégueulasse qui affirmait sur un panneau : Elvis a dormi ici.

On a dépassé une pancarte qui garantissait des « Machines à sous à un million de dollars chez Bally ! ». Tous les panneaux de Vegas promettaient la fortune instantanée. Ils disaient des choses comme cinq millions distribués chaque jour ou montraient la photo d'un type qui venait de gagner gros aux machines à sous. Le long de la route, les panneaux faisaient de la publicité pour des avocats, des aires de stockage et des petits déjeuners à quatre-vingt-quinze cents.

Sur le Strip, mon père avait du mal à contenir sa joie. Comme si tous ses problèmes s'évanouissaient à l'instant où il entrait en ville, comme s'il n'y avait qu'enchantement devant lui. On s'est garés au MGM Grand et on a confié la voiture à un voiturier que mon père a gratifié de dix dollars de pourboire. Puis il s'est avancé d'un pas nonchalant vers les portes en me traînant derrière lui. On a atteint le hall décoré avec des scènes du *Magicien d'Oz*. Au centre, on reconnaissait Dorothy avec l'Épouvantail, l'Homme de Fer et le Lion Couard qui tous filaient sur la route en brique jaune. Mon père s'est arrêté en plein milieu pour permettre à tout le monde de l'admirer dans ses bottes neuves pendant qu'il murmurait quelque chose à propos du décor de l'hôtel si « fidèle à l'original ».

— Je vais faire quelques parties de vingt-et-un, m'a-t-il annoncé, alors je l'ai suivi en direction de l'une des tables de jeu.

N'ayant pas l'âge requis, je me contentais de regarder. Il a acheté pour cent dollars de jetons. Il a misé vingt dollars et il a perdu. Une serveuse est venue prendre sa commande : un Midori avec de la glace et un soupçon de citron vert.

— Merci, Ellen, a-t-il dit en jetant un regard à son badge.

Pendant qu'elle s'éloignait, mon père a fait un clin d'œil au croupier et lâché un petit sifflement admiratif. Ellen était jeune et jolie avec un corps superbe et d'énormes faux seins. Toutes les femmes qui travaillaient à Vegas avaient des faux seins. Même Bernice avait des faux seins, alors qu'elle ne faisait que tenir un guichet. Mon père m'avait expliqué que les hommes donnaient des pourboires en fonction du tour de poitrine. Pas lui, il donnait toujours de bons pourboires à tout le monde, il n'était radin qu'avec lui-même. Il m'avait raconté qu'une serveuse s'était fait virer parce qu'un médecin lui avait mis des implants si gros que la direction les avait jugés obscènes. Elle avait refusé de les retirer, alors ils l'avaient affectée à la lingerie. Puis elle en avait eu marre, alors elle s'était rebaptisée Aphrodite et elle avait pris un boulot de strip-teaseuse à l'Olympic Garden où mon père m'a dit qu'elle « récoltait des pourboires aussi obscènes que ses seins monstrueux ».

Il a perdu cinq parties d'affilée. Ellen est revenue avec son verre au moment où il écoulait son dernier jeton. On s'est dirigés vers le guichet. Bernice était assise derrière la vitre. Son visage s'est éclairé quand elle nous a vus.

— Alors beauté, quoi de neuf ? lui a lancé mon père.

Elle a gloussé en arrangeant ses cheveux.

— Ça roule, baby, a-t-elle répondu. Ils ont changé mon emploi du temps, alors aujourd'hui, je suis en vendredi.

À Vegas, les employés avaient tous des emplois du temps différents, et ils étaient « en vendredi » le jour qui précédait leur week-end. Je ne m'étais jamais habitué à entendre des adultes dire « en vendredi » en parlant de n'importe quel jour de la semaine. C'est comme ça qu'auraient parlé des gamins de trois ans s'ils avaient travaillé. Bernice a poussé vers mon père l'enveloppe contenant nos places. Dessus était écrit :

Garvin

Je suis heureuse d'avoir réservé ces deux places d'un concert de Neil Diamond pour les deux plus beaux gosses du Nevada.

Affectueusement,

BERNY

J'ai observé son écriture. Elle faisait la barre des T bien au milieu. J'ai également examiné son J majuscule : il s'envolait et traversait presque le papier. Le sol s'est ouvert sous mes pieds.

— Comment ça va, mon chou ?

— Bien, lui ai-je répondu tandis que la salle tournait autour de moi.

Elle me regardait. Avec ses cheveux permanentés et ses grosses dents blanches refaites, on aurait dit le diable. Quelques années plus tôt, elle avait des dents gâtées et puis du jour au lendemain, on l'avait revue avec un jeu de dents neuves parfaitement blanches.

— Tu es tout simplement plus beau chaque fois que je te vois.

Je sentais l'odeur de pourriture dans sa bouche dès qu'elle parlait. J'ai dit à mon père que je devais aller aux toilettes.

J'étais devant le lavabo et j'essayais de vomir, en vain. Je me suis regardé dans la glace. Je tremblais. Mon corps vibrait de rage. C'est Bernice qui avait écrit la lettre de ma mère. Un type est entré et a pissé dans un urinoir, puis il s'est installé au lavabo près de moi et s'est lavé les mains. Il lui manquait une phalange au petit doigt. Je l'ai observé une seconde. Il est sorti sans se sécher les mains.

J'avais l'impression que mes organes allaient quitter mon corps. Je savais que je devais fuir. Je devais fuir mon père, fuir ces mensonges. Un de mes genoux a cédé, et je suis tombé.

Puis la porte s'est ouverte et deux hommes sont entrés. Je les ai regardés dans la glace. J'avais l'impression de les avoir déjà vus, avec leurs cheveux ras et leur air sérieux.

— Neil ?

Je les avais vus au lycée dans l'après-midi.

— Qu'est-ce que vous voulez ?

J'ai essayé de me relever mais je n'y arrivais pas.

— Nous voulons t'aider.

— Non, c'est pas vrai.

Ces mots ont jailli de ma bouche.

— Nous pensons que nous pouvons t'aider.

— Et comment ?

J'aurais voulu qu'ils ne me voient pas par terre. Je me suis relevé et je leur ai fait face. Ils étaient grands. Je pouvais les regarder dans les yeux, mais leur torse était bien plus large que le mien.

— Il faut que tu nous dises ce qui s'est passé. Ne t'inquiète pas, on ne te fera aucun mal.

L'agent me souriait d'un air gentil et j'ai tout de suite su qu'il mentait.

— Tu n'as plus besoin d'avoir peur.

Qu'il me dise ça m'a rendu furieux. Je savais que Burden lui avait parlé du sable dans le salon de mon père. J'avais envie de leur dire qu'ils ne savaient pas qui j'étais, qu'ils ne savaient rien de moi.

— Je ne veux pas vous parler.

— Nous n'avons pas beaucoup de temps. Nous voulons que tu nous suives.

— Non.

J'ai voulu partir mais l'un des types a fait un pas en avant et m'a attrapé par le coude. J'ai reculé.

— Ne me touchez pas !

— Nous voulons juste...

— Non, c'est pas vrai ! Vous êtes des menteurs ! Vous n'êtes que des sales menteurs !

Ils me tenaient tous les deux et essayaient de me plaquer une main sur la bouche. J'ai hurlé :

— Laissez-moi !

— Ferme ta gueule, putain ! m'a sifflé l'un d'eux.

J'ai voulu le frapper mais ils me tenaient trop fort. À cet instant, un homme est entré, nous a regardés, les agents m'ont lâché et j'ai filé par la porte.

Mon père était toujours au guichet en train de discuter avec Bernice. En les rejoignant, je me suis retourné pour voir si les types me suivaient, mais ils n'étaient nulle part.

38

Neil Diamond chantait « Love on the Rocks » sur la scène. Mon père était pétrifié, la bouche grande ouverte, son Midori dans les mains.

Je n'arrêtais pas de penser à la lettre. Mon père m'avait un jour dit que ma mère avait plié bagage et qu'elle était partie. Que lorsqu'il était rentré le soir, elle avait disparu. Il m'avait aussi dit qu'elle n'aimait pas beaucoup Carmen et qu'elle ne voulait pas passer sa vie dans une petite ville comme ça. Mais elle n'avait pas écrit cette lettre. C'est Bernice qui l'avait écrite. Que s'était-il donc passé avec ma mère ?

Tout le monde s'est levé quand Neil Diamond a salué, sa chemise en satin trempée de sueur. Alors qu'on faisait la queue pour quitter la salle, mon père m'a glissé :

— Allons le voir.

Dans le temps, mon père méprisait les chasseurs d'autographes qui traînaient du côté de l'entrée des artistes après le concert. Ça l'énervait qu'ils ne puissent pas simplement profiter du spectacle tout en laissant à Neil Diamond sa vie privée.

On était à côté de l'entrée des artistes avec plein d'autres gens. Mon père tenait mollement son programme dans la main gauche et un Midori frais dans la droite. Il n'arrêtait pas de répéter :

— Quel concert, quel concert ! Il est meilleur chaque fois que je le vois.

Un type bruyant et bouffi avec un chapeau de cow-boy attendait avec une jolie fille qui n'arrêtait pas de jeter des coups d'œil à son bip. Mon père racontait des blagues qu'il avait entendues à la télévision.

— Comment on appelle une bouteille vide d'Aqua-Velva sur le bord de la route ? a-t-il demandé au cow-boy.

Le cow-boy s'est mis à hurler de rire.

— Je sais pas trop.

— Un objet d'artisanat indien, a répondu mon père. (Ça a déclenché un éclat de rire général.) Et comment on appelle une bouteille à moitié vide d'Aqua-Velva sur le bord de la route ? (Ils ont tous secoué la tête.) Un objet d'artisanat indien *rare*, a-t-il lancé.

Le cow-boy se tenait les côtes. Il riait tellement fort qu'il ne produisait aucun son. Même l'escort girl a laissé échapper un petit gloussement.

— C'est votre fille ? a demandé mon père au cow-boy. (Le type a cessé de rire, et tout le monde s'est tout à coup senti très gêné. Mon père a descendu son Midori.) Un type qui paie pour baiser est un minable.

Je n'avais jamais entendu mon père parler comme ça à un inconnu. Il était toujours charmant et cordial avec tout le monde, il réservait sa mauvaise humeur pour la maison. Le cow-boy s'apprêtait à répondre mais mon père l'a dévisagé et le type s'est dégonflé, s'éloignant d'un pas traînant avec la fille. Après cet épisode, tout le monde s'est écarté de mon père, qui est resté tout seul, l'air embarrassé et ridicule.

Neil Diamond est apparu à l'entrée des artistes et s'est mis à signer des autographes. Tout le monde se pressait autour de lui sauf mon père, qui se contentait d'observer. Quand Neil Diamond a eu fini, il a regardé mon père, mais mon père était incapable de parler. Il était tétanisé. Pour finir, Neil Diamond a souri, hoché la tête et l'a regardé comme il n'avait jamais regardé personne. Il l'a regardé avec compassion. Puis, flanqué de la sécurité de l'hôtel, il s'est dirigé vers la sortie et sa limousine. Mon père a attendu que le chanteur disparaisse pour s'approcher de la table de black jack. Il a de nouveau perdu deux cents dollars et bu quelques Midori supplémentaires. Il parlait maintenant très fort, n'arrêtant pas de dire à tout le monde que son fils faisait les meilleures passes du pays. « Mon garçon deviendra célèbre », a-t-il déclaré au croupier. Ce dernier m'a fait un sourire las. Je n'arrêtais pas de jeter des coups d'œil autour de moi pour voir si on était suivis.

On a laissé la voiture au MGM Grand et pris un taxi pour l'Olympic Garden. J'étais trop jeune pour entrer mais quand le portier m'a demandé une pièce d'identité, mon père lui a mis un billet de cent dollars dans la paume.

— Regarde-moi toutes ces chattes, m'a-t-il dit.

Il y avait quatre scènes et sur chacune, dansait une femme aux seins nus. Les filles se trémoussaient en privé le long des murs devant un type pour vingt dollars la chanson. On s'est assis dans un box et mon père a commandé des boissons. Il hochait lentement la tête et promenait son regard sur la salle quand tout à coup, il s'est levé et a marmonné qu'il allait aux toilettes. J'ai regardé autour de moi pour voir s'il y avait quelqu'un de suspect mais c'était impossible à dire, parce que tout le monde avait l'air suspect.

Deux strip-teaseuses se sont assises à côté de moi. J'imagine qu'elles travaillaient en équipe. Elles portaient toutes les deux un bikini rose fluo décoré de cœurs blancs. Elles s'appelaient Sandy et Briani.

— C'est quoi ton nom ?

— Neil.

— Et d'où tu viens, Neil ?

— De Carmen.

— Laisse-moi t'expliquer notre spécialité. (Sandy a passé la main entre mes cuisses et s'est mise à me caresser.) On est spécialisées dans tout ce qui est bon. (Puis, de l'autre main, elle a fait jaillir son sein de son soutien-gorge et m'a tendu son mamelon. J'ai observé sa copine Briani, qui promenait un regard fatigué sur la salle.) Tu mords pas, hein ? m'a demandé Sandy.

— Pardon ?

— Est-ce que tu mords ?

— Euh, je pourrais bien en pincer un peu.

Elle a ri comme si j'étais le premier à lui faire cette blague.

— Alors, tu veux une danse ou quoi ?

— Peut-être plus tard.

Elles se sont levées et se sont dirigées vers la table voisine.

J'ai regardé une belle femme danser devant un type qui, saoul et immobile, ne quittait pas son as de pique des yeux. Elle ne dansait pas vraiment, elle glissait à deux centimètres au-dessus de lui en se contorsionnant comme une panthère. Je n'avais jamais vu une femme bouger comme ça. Il y avait quelque chose de violent et d'animal dans la façon dont elle se tortillait et s'enroulait. Ça m'a fait peur, car j'ai eu l'impression de ne plus rien contrôler. Un type a vu que je regardais la fille et s'est penché sur moi en disant :

— C'est sa danse, mon pote, pas la tienne.

J'étais hypnotisé par les mouvements de la fille et j'ai dû me forcer à tourner la tête. Je n'avais jamais rien vu d'aussi érotique mais pour d'étranges raisons, j'avais aussi l'impression d'assister à la mort de quelque chose.

Toutes les deux minutes, une nouvelle fille venait à ma table et chaque fois, c'était la même conversation :

— Salut, comment tu t'appelles ?

— Neil.

— Quel âge tu as, Neil ?

— Vingt et un.

— Tu ne les fais pas.

— Merci.

— Tu veux une danse ?

Mon père est revenu des toilettes et s'est rassis. Une jeune blonde avec des lèvres charnues et un corps magnifique s'est aussitôt approchée. Elle s'appelait Angel. Elle était calme et excitante. Elle a regardé mon père droit dans les yeux, et il est tout à coup devenu très calme lui aussi. La fille qui s'est assise à côté de moi avait de longs cheveux noirs, des yeux couleur chocolat et les plus gros seins que j'avais jamais vus.

— Salut, comment tu t'appelles ?

— Moi, c'est Neil.

— Moi, je m'appelle Aphrodite. (Elle a souri.) Qu'est-ce que tu dirais d'avoir ces gros nénés dans la figure, matelot ?

Mon père me souriait. On s'est tous les deux levés avec nos strip-teaseuses et on s'est avancés vers le mur. On a pris place dans un coin, séparés l'un de l'autre par une colonne transparente remplie de bulles qui changeaient sans cesse de couleur.

Aphrodite était debout devant moi et remuait les fesses à hauteur de mon visage. Je me suis tourné vers mon père. Angel le regardait droit dans les yeux et se déplaçait lentement au-dessus de lui en agitant les hanches. Il avait le regard vide de l'homme qui capitule, comme s'il tombait amoureux malgré lui. Un morceau de Stevie Nicks jaillissait des haut-parleurs. Elle chantait qu'elle était gitane. Le morceau coûtait quarante dollars à mon père mais il s'en foutait.

— On dirait que ton papa est en train de tomber amoureux.

Je l'ai regardé murmurer à l'oreille d'Angel comme s'il lui avouait des secrets. Elle a hoché la tête et lui a répondu quelque chose à voix basse. J'ai pensé à Lenore, à la dernière fois que je l'avais vue. Je n'arrivais pas à croire que ça datait de l'après-midi tellement ça me paraissait loin.

— Je pourrais gagner beaucoup plus d'argent en écartant les cuisses pour le premier pékin venu sur le Strip, mais je suis une fille bien.

— Quoi ?

Aphrodite avait le cul à hauteur de mon visage et me parlait entre ses jambes.

— Je suis une fille bien. C'est pour ça que je ne pourrai jamais gagner d'argent en couchant. C'est pas mon genre, c'est tout.

J'ai jeté un coup d'œil derrière Aphrodite et j'ai vu Kimmy danser sur l'une des scènes. Elle portait des lunettes noires et des bottes en cuir qui lui arrivaient aux genoux. Mon père était trop fasciné par Angel pour la remarquer. À la fin du morceau, Aphrodite m'a demandé si je voulais une autre danse mais je lui ai dit que c'était bon, que mon père allait la payer.

On a quitté le bar sans que mon père voie Kimmy. La salle était tellement sombre qu'on avait du mal à se rendre compte des dégâts qu'il lui avait causés au visage la veille au soir. Le strip-tease était sans doute le seul boulot où personne ne remarquerait à quel point elle était amochée.

Dehors, il faisait chaud et humide, l'atmosphère était lourde et pénétrante, comme si un orage se préparait. Mon père m'a attrapé par l'épaule, m'a fait pivoter et tout à coup, m'a pris dans ses bras, me serrant fort sans rien dire. Puis il m'a déclaré :

— Je suis fier de toi. Je sais que je te le dis pas trop souvent, mais c'est vrai. (Il me regardait dans les yeux.) Tu mérites le meilleur.

J'avais envie que ça soit vrai. J'avais envie que tout aille bien. J'avais envie de le croire quand il me prenait dans ses bras et qu'il me disait que je méritais le meilleur, mais je savais qu'il était ivre. Je savais qu'il ne se souviendrait jamais de ce moment. C'était un menteur et je ne devais jamais croire ce qu'il disait.

Il a eu les larmes aux yeux et il a grommelé qu'il aurait pu mieux se débrouiller. Et je me suis entendu lui répondre que non, qu'il avait fait du mieux qu'il pouvait. Pourtant, j'avais envie de lui dire que je le détestais, qu'il méritait de disparaître pour ce qu'il m'avait fait. Mais j'en étais incapable. C'était mon père. Où que j'aille, je ne lui échapperais jamais.

39

On a remonté le Strip de Las Vegas et on est passés devant le Caesar's Palace ainsi que devant chez Bally. Il avait envie de marcher. Il s'est arrêté à l'Holiday Inn pour pisser. À deux heures du matin, des gens continuaient à glisser leur argent durement gagné dans les machines à sous en souhaitant que les choses soient différentes. Au début de la soirée, pleins d'espoir, sobres, ils se restreignaient, mais à deux heures du matin, la peur s'était emparée d'eux et ils essayaient de se refaire avec frénésie, ou au moins de revenir à zéro. Je me suis demandé ce que faisait Reed et comment il allait.

J'ai observé mon père qui revenait des toilettes. Même saoul, il avait une démarche digne et précise. Il s'est arrêté pour regarder une vieille dame jouer au black jack, la félicitant quand elle a remporté un jeton de cinq dollars. Elle l'a à peine remarqué, trop occupée à tirer sur sa cigarette et à faire signe au croupier de lui distribuer de nouvelles cartes.

— J'ai faim, a-t-il dit.

On s'est arrêtés au New York New York Hotel. Le seul restaurant ouvert était le Broadway Burger où mon père a commandé le Meadowlands Special, un hot dog de trente centimètres avec des frites et un milk-shake à la vanille. Il a mâché son hot dog assis sur un banc pendant que je restais debout à le regarder. Je me sentais ivre et nerveux et je n'étais pas d'humeur à m'asseoir. Finalement j'ai annoncé que j'allais pisser, et j'ai erré dans les fausses rues de l'hôtel à la recherche des toilettes. À mon retour, mon père discutait avec une dame qui paraissait avoir environ quarante-cinq ans.

— J'ai une surprise pour toi.

Il lui restait de la moutarde au coin de la bouche.

Son bronzage était directement issu d'un tube et, à trois heures du matin, il donnait une teinte orange à son visage. Elle m'a fait un petit sourire fatigué et a dit :

— J'ai cru comprendre que tu cherchais une cavalière, mon cœur.

Elle s'appelait Gloria. On a fait les présentations en attendant que mon père paie la chambre. Aucun de nous ne parlait quand on a pris l'ascenseur jusqu'au septième étage, mais mon père s'est mis à siffloter. Un morceau que Neil Diamond avait chanté ce soir-là, un single de l'été 73 qui s'appelait « The Last Thing on My Mind ».

Dans la chambre, Gloria a demandé à mon père s'il acceptait qu'elle passe un coup de fil pour prévenir sa société de l'endroit où elle était. Je me suis imaginé qu'un type armé l'attendait dehors dans une voiture. Si elle restait trop longtemps, il entrerait en tirant dans tous les coins et me trouverait nu et tremblant.

Mon père était accroupi près du mini-bar et se bagarrait avec la clé pendant que je bavardais avec Gloria. Elle m'a raconté qu'elle était de Denver. Je me suis demandé si elle mentait mais elle paraissait n'en avoir rien à foutre que je sache d'où elle venait, alors j'en ai conclu qu'elle disait la vérité.

— Depuis combien de temps vous habitez à Las Vegas ?

— Trop longtemps. Vous voulez faire ça comment ?

— Il vous baise d'abord et je vous baise après, a répondu mon père en ouvrant le mini-bar.

Elle a enlevé sa robe par la tête. Elle ne portait que ça, une robe. Ça m'a fait penser aux voitures de course dont les roues peuvent être changées en quelques secondes parce qu'elles ne tiennent que par un écrou. Gloria me faisait penser à une voiture construite pour rouler vite.

— Vas-y, déshabille-toi, m'a-t-elle dit en allant dans la salle de bains.

Mon père était assis sur une chaise et, un verre à la main, me regardait alors que je retirais mes vêtements. Puis il s'est levé et a annoncé :

— Je vais chercher de la glace.

J'ai fini de me déshabiller pendant qu'il s'éloignait dans le couloir. J'ai repoussé les couvertures et je me suis allongé sur le lit. Gloria est revenue de la salle de bains avec une petite serviette qu'elle avait passée sous l'eau chaude. Elle l'a glissée entre mes jambes et l'a fait doucement remonter vers mon ventre. Quand le tissu chaud m'a caressé, j'ai senti que je me mettais à bander.

— C'est bien, a-t-elle dit.

Elle avait au-dessous du nombril une cicatrice qui ressemblait à une césarienne. C'était la première fois que j'en voyais une et tout à coup, j'ai compris pourquoi on appelait ça une césarienne. Ça paraissait sordide, de donner à la trace d'une naissance le nom d'un type poignardé à mort. J'ai éteint la lampe de chevet pendant qu'elle déchirait l'emballage d'un préservatif avec ses dents. La seule lumière de la chambre provenait de la veilleuse au-dessus de la porte. Mon père est revenu au moment où elle commençait à me caresser. Il s'est rassis et a mis quelques glaçons dans son verre sans rien dire. Je le sentais nous regarder avec ses yeux morts comme si on était sur un écran de télévision.

Gloria s'est allongée sur le dos, m'a pris dans sa main et m'a guidé entre ses cuisses. Je me suis mis à aller lentement d'avant en arrière. Elle poussait un doux et délicat soupir à chaque fois. Puis, peu à peu, j'ai plié les coudes et je me suis couché sur elle de façon que ma poitrine frôle ses seins, mais elle a lâché entre ses dents serrées :

— Me touche pas.

Je me suis redressé et j'ai regardé fixement le tableau de la statue de la Liberté au-dessus du lit. J'ai jeté un coup d'œil à mon père assis sur sa chaise. Il avait le jean autour des chevilles, son verre dans la main gauche et il se caressait avec la droite. Il se masturbait comme si on était à des années-lumière de lui et qu'il voyait pour la première fois une scène ayant eu lieu des millions d'années plus tôt. Gloria m'a enfoncé loin en elle mais même en jouissant, je n'ai ressenti aucun soulagement. Même pas une seconde. J'avais l'impression d'être comme les gens dans le casino en bas, à vouloir à tout prix me refaire.

Elle est repartie dans la salle de bains et je l'ai entendue ouvrir le robinet. Mon père a continué à se masturber. Je ne pense pas qu'il se rendait compte que j'étais là. Je me suis rhabillé.

— On y va, j'ai dit. (Il a hoché lentement la tête, mais n'a pas bougé.) Allez, papa.

C'était la première fois que j'appelais mon père « papa ». Je n'en revenais pas d'entendre ce mot dans ma bouche. Je ne sais pas pourquoi je l'ai appelé comme ça. Peut-être que j'avais juste envie de partir le plus vite possible et que j'essayais de déclencher une réaction en lui, une éclaircie dans ce brouillard alcoolisé et confus. Mais en réalité, même si ça paraissait incroyable, c'était sans doute la première fois que je voyais vraiment mon père. Je l'ai secoué doucement par l'épaule et je lui ai dit :

— Allez.

Puis je l'ai aidé à remettre son jean.

Gloria est revenue de la salle de bains et m'a lancé :

— Bon anniversaire !

C'est là que j'ai compris que mon père lui avait raconté que c'était mon anniversaire. Il voulait qu'elle croie qu'il s'agissait d'une occasion particulière. Il n'avait pas envie qu'elle croie qu'on était juste deux pauvres types.

40

Alors qu'on retournait à pied au MGM Grand, il paraissait avoir oublié ce qui venait de se passer. Il gloussait tout bas : « Aphrodite, vas-y ma fille ! » comme si on sortait de l'Olympic Garden. Il ne lui restait plus d'argent pour payer le voiturier, alors on s'est arrêtés à un distributeur. Il avait donné ses derniers deux cents dollars à Gloria. Il s'était engueulé avec elle à propos de la somme mais au final, il lui avait laissé ce qu'elle demandait, c'est-à-dire tout ce que contenait son portefeuille. Pendant qu'il introduisait sa carte, je me tenais à quelques mètres. Tout à coup, des gens m'ont frôlé et j'ai senti qu'on m'entraînait vers le coin de la rue. C'étaient les deux agents du FBI. Ils m'ont attiré jusqu'à un seuil et m'ont projeté contre un mur. Ma tête a heurté le béton, ce qui m'a réveillé.

— Écoute, t'as deux possibilités. Soit tu nous parles ici, tout de suite, soit tu attends que ton ami sorte, parce que dans moins de soixante-douze heures, il sera relâché et c'est lui qui va nous raconter ce que tu ne veux pas nous dire !

— Comment vous savez ça ?

On s'est tous retournés. C'était mon père. Il se tenait derrière les agents et rangeait tranquillement l'argent dans son portefeuille.

— Vous ne pouvez pas le garder plus de trois jours sans l'inculper, a déclaré l'un des agents.

— Eh bien, on l'inculpera.

— De quoi ? De quoi allez-vous l'inculper ? Vous n'avez pas de cadavre !

— Peut-être qu'on va en retrouver un.

Mon père s'est contenté de les regarder, le visage presque impassible. Les agents observaient mon père sans savoir quoi répondre. C'était la première fois que je comprenais jusqu'où il était prêt à aller.

— Maintenant, lâchez mon fils.

On est revenus à pied au MGM Grand, où on a récupéré la voiture. Je me suis mis au volant et j'ai démarré. Les agents étaient partis. Ils ne pouvaient rien faire. Je commençais à rouler quand mon père s'est énervé parce que je m'arrêtais à l'orange.

— Allez, avance ! a-t-il crié.

Au feu suivant, j'ai mordu la ligne blanche de quelques centimètres, et il m'a ordonné de sortir de la voiture pour qu'on échange nos places. Il a quitté Las Vegas. On fonçait, laissant derrière nous les lumières et le bruit. En remontant vers le nord, on a dépassé l'Olympic Garden, les motels sordides, les boutiques de prêt sur gages et les parcs de caravanes. Las Vegas a rapetissé dans notre dos jusqu'à ce qu'on ne voie plus que les ténèbres.

C'est à ce moment-là que mon père a éteint ses phares. On filait dans l'obscurité, il avait sa vitre baissée, l'autoradio hurlait du Neil Diamond, et lui, il criait dans la nuit. J'avais envie de l'engueuler mais je ne l'ai pas fait. Quand il a rallumé ses phares, on roulait sur la mauvaise voie. Il a rétabli sa trajectoire puis il a de nouveau éteint ses phares. C'est là que j'ai compris qu'il n'y avait pas eu d'erreur. Tout ce que je savais, je le tenais de mon père. Ian Curtis n'était pas un accident. Cela faisait des années que j'allais à la collision avec lui.

— Arrête la voiture !

Il a freiné sans rallumer les phares. Dans le noir, je ne voyais pas son visage.

— Ne t'avise pas de me crier à nouveau dessus ! a-t-il menacé.

Je tremblais.

— Qu'est-ce qui est arrivé à ma mère ?

— Des choses, a-t-il dit. Des choses que tu n'as pas besoin de savoir.

Mon père a ouvert sa portière et il est sorti de la voiture. Je suis descendu à mon tour et j'ai répété ma question. Je ne le voyais pas mais j'ai hurlé :

— N'essaie pas de m'échapper ! (Il était juste devant moi. Je sentais sa présence.) Qu'est-ce que tu as fait de lui ?

Mon père m'a pris par le col et m'a attiré contre lui. Je sentais sa force.

— Ne me pose pas de questions, mon garçon.

— Dis-le-moi ! Tu dois me le dire !

— Il est mort ! Maintenant, arrête d'y penser !

— Où il est ?

Je lui hurlais au visage.

Il m'a plaqué contre la voiture, pressant mon visage contre le métal chaud du capot.

— C'est fini, a-t-il dit.

Et il m'a poussé dans la voiture.

On roulait à toute blinde. Un chien errant a surgi devant nos phares. Mon père a donné un coup de volant, épargnant la vie de cette stupide bête.

— C'est Bernice qui m'a écrit cette lettre.

Mon père n'a rien dit.

— Quand j'avais cinq ans. C'est elle, hein ?

Il se contentait de garder la tête droite, de fixer la route et d'écouter Neil Diamond. J'ai appuyé sur le bouton « eject » du lecteur de CD, j'ai attrapé le disque de Neil Diamond et je l'ai lancé par la vitre. On a continué à rouler en silence. Mon père regardait la route.

J'ai pensé à l'avenir. À intégrer une équipe de football universitaire. J'ai pensé à Lenore et à Reed, au concierge et aux gosses qui m'avaient donné des cigarettes. Puis j'ai pensé à Ian Curtis. Il me réveillait la nuit, il m'observait caché derrière les rideaux ou me décochait des regards noirs depuis les voitures qui passaient. Mais quoi que je fasse, jamais je ne pourrais le faire revenir. J'ai imaginé ses parents chez eux, qui se demandaient où était leur fils. Ils n'arrêteraient jamais de le chercher. Ils ne trouveraient jamais la paix. Puis j'ai pensé à la lettre que Bernice avait écrite et je n'ai plus cessé de trembler.

— Je sais qu'elle a écrit cette lettre.

— Que tu es intelligent !

C'est tout ce qu'il a dit.

— Où elle est ? Où est ma mère ?

— Je ne sais pas où elle est.

Il a allumé la radio. J'ai tendu la main et je l'ai éteinte. Il a lancé son bras et m'a heurté au menton.

— Attention, mon garçon !

— Où elle est ? ai-je hurlé.

— Je t'ai dit ce que j'avais à te dire ! a-t-il rugi. Je t'ai dit ce que j'avais à te dire !

— Je veux la vérité, putain de merde !

Il a continué à rouler en silence. Je sentais que je m'effaçais de plus en plus, j'étais désormais l'avant de la voiture qui dévorait la route, il ne restait de moi que la peur. C'est là que j'ai compris qu'elle ne m'appartenait pas. Cette peur. Que c'était la sienne. Je n'avais jamais pensé que mon père puisse avoir peur, mais là, à ses côtés, j'ai tout à coup compris que cette peur, c'est tout ce qu'il avait. Que cette peur, je la portais depuis toujours. J'ai senti la force grandir en moi et j'ai souri aux ténèbres, souri parce que je n'avais plus à avoir peur. Je n'avais plus à garder cette peur secrète. Ce n'était pas à moi de la garder.

41

Il n'a pas dit un mot quand on a atteint la maison. J'ai entendu la bouteille s'ouvrir dans la cuisine pendant que je montais l'escalier. En arrivant dans ma chambre, j'ai entendu le tonnerre gronder comme un bulldozer au-dessus du toit. Quelques secondes plus tard, les gouttes de pluie s'abattaient comme des projectiles et les murs se mettaient à trembler. Les éclairs fendaient le ciel et illuminaient le désert. Étonnés, les animaux levaient la tête et détalaient en direction du rocher le plus proche.

Je me suis assis sur mon lit et j'ai observé la photo de ma mère en me demandant si je la reverrais un jour. Puis je suis descendu. Mon père regardait fixement un trou béant dans la bâche en plastique. Le vent le fouettait et il était trempé Il a pris une longue gorgée de la bouteille qu'il tenait à la main, puis il s'est tourné vers moi. J'en ai eu le souffle coupé. Je le reconnaissais à peine.

— Où il est ? ai-je simplement demandé.

Mon père marchait devant moi, une pelle sur l'épaule droite et une lampe-torche dans la main gauche. La lampe était inutile : presque à chaque seconde, le ciel éclairait le désert comme s'il jouait à cache-cache avec la terre.

On est passés près d'un renard qui a couru se réfugier sous un cactus, s'est assis et nous a regardés en tremblant. Un adversaire lui avait arraché la moitié de sa fourrure.

On a parcouru un kilomètre jusqu'à un petit bosquet de yuccas. Mon père s'est arrêté, a fait quatre pas à partir d'un arbre et planté la pelle dans le sol. Puis il m'a lancé la lampe-torche et il est parti.

Je ne sais toujours pas ce qui m'a poussé à lui sauter dessus. J'avais ce que je voulais : le cadavre. J'ai couru vers lui à toute vitesse, plié en deux, et je l'ai fait tomber sans difficulté. Je lui ai sauté dessus et je l'ai plaqué au sol avec mes genoux mais je n'avais pas sa force, et il m'a renversé. Je me suis relevé et j'ai essayé de m'enfuir, mais il a réussi à me frapper. Alors, j'ai plongé comme il me l'avait appris. Ce rapide mouvement du corps m'a permis de m'extraire de la ligne de feu.

Mon père a atterri par terre. Au moment où il se redressait, le ciel nocturne s'est éclairé et on s'est retrouvés face à face, à tourner l'un autour de l'autre. Il m'a fait une clé au cou. Son premier coup de poing m'a cassé le nez. J'ai senti mon visage s'engourdir. Pendant que le ciel s'illuminait, j'ai levé les yeux et lu de la surprise sur son visage. La nuit est redevenue noire, et j'ai senti sa botte dans mes côtes.

J'ai titubé jusqu'à l'arbre et je me suis redressé. Je l'ai vu qui courait vers moi mais cette fois, je me suis déplacé et je l'ai attrapé par les genoux. Quand il est tombé, je lui ai donné un coup de poing dans les côtes. J'ai essayé de le frapper à la tête mais il m'a pris le pied et a tiré sur ma jambe jusqu'à ce que je perde l'équilibre. Mon pied a glissé dans la boue et on a continué à lutter au sol.

L'instant d'après, il m'étranglait. Pendant qu'il me comprimait la gorge, je l'ai regardé dans les yeux et je n'y ai plus vu de colère. J'y ai vu de la peur. Et au bout de toute cette peur, au bout de cette si longue obscurité, j'ai aperçu une lueur. Je la distinguais pour la première fois au moment où mon père essayait de me tuer.

Cette lueur était de l'amour.

Le bourrelet au-dessus de son œil droit saignait, il avait les lèvres fendues mais il n'était plus dans le lointain, il était devant moi, il était réel. Je me suis mis à rire. J'avais l'impression qu'on se découvrait pour la première fois et j'ai cessé d'avoir peur. Un feu fulgurant me fendait la gorge, et je riais.

Derrière mon père, le ciel s'est éclairé comme une boule de feu cramoisie en explosion puis il est redevenu noir. Je me tenais la gorge à deux mains, mon corps était secoué de spasmes, il y a eu un éclair, et ce n'était plus mon père que je voyais.

C'était ma mère.

Elle s'avançait vers moi les mains tendues. Je voyais tout à coup son visage, mâchoire en avant, dents dénudées, yeux jetant des flammes, et dans ses mains, étiré entre ses deux poings, son collant.

Elle m'étranglait. Je lui criais d'arrêter. « Non ! S'il te plaît ! S'il te plaît ! » sans qu'aucun son vienne. J'avais trois ans et j'avais rayé le disque sur lequel ma mère aimait danser. Maman était furieuse, je la suppliais de me lâcher mais elle ne me lâchait pas. Elle ne pouvait pas me lâcher. Elle me détestait parce que j'avais brisé ses rêves. Elle me détestait et détestait mon père qui l'obligeait à rester pour s'occuper de moi. Puis j'ai vu l'arme. Et j'ai entendu ce coup de feu qui a changé nos vies à jamais. J'ai vu ma mère s'effondrer mollement devant moi. Et tout à coup, j'ai su ce qui s'était passé. J'ai su que ma mère ne vivait pas avec un dentiste dans un manoir de Beverly Hills, que je ne la verrais jamais dans une publicité pour du dentifrice. J'ai su qu'elle était partie à jamais. Peut-être que je le savais depuis toujours dans mon cœur, mais que je ne voulais pas le voir. Je voulais juste que tout aille bien.

Pendant toutes ces années, mon père se demandait sans doute si je me rappelais, si je me taisais uniquement pour lui mais tout à coup, il a senti que le souvenir me revenait. Il l'a lu sur mon visage. Et il m'a lâché.

42

J'étais couché par terre, en sang, couvert de boue. Mon père était rentré en me laissant là. J'avais plusieurs côtes cassées, le visage déformé et le pied fracturé en une dizaine d'endroits.

La pluie qui ruisselait sur mon visage lavait le sang et la boue qui me brouillaient la vue, et tout m'est revenu. Cette boisson verte qu'elle s'était mise à boire dès son réveil. Son café vert, elle disait, et son rire, comme un ricanement furieux qui surgissait de nulle part. Ce matin-là, je l'avais regardée faire la lessive puis j'en avais eu marre, alors j'étais allé au salon et j'avais essayé de mettre le disque sur lequel elle aimait danser. C'était un accident. Je ne l'avais pas fait exprès. Elle a crié quand le diamant a rayé le sillon. Je savais que j'avais fait une bêtise, alors j'ai couru me cacher derrière les rideaux. Les rideaux se sont écartés, elle se tenait devant moi, je tremblais, je voulais qu'elle me prenne dans ses bras, tout ça n'avait pas de sens. *Je ne l'ai pas fait exprès. Je ne l'ai pas fait exprès.* Ces mots. Je les ressassais depuis toujours.

Au bout d'un moment, la pluie s'est arrêtée et un fil de lumière rose est apparu à l'horizon. Je suis resté par terre à observer le ciel et à écouter ma respiration. Le cri s'était tu, il n'y avait plus le moindre bruit. Pour la première fois de ma vie, je me sentais en paix au milieu du silence, et je ne voulais plus partir. Je voulais rester là à regarder le ciel changer de couleur. Je ne voulais plus me battre.

J'ai pensé à mon père et au secret qu'il gardait depuis tant d'années. J'ai compris peu à peu, comme si de minuscules gouttes de soleil éclaboussaient mon corps, éclairant tout pour moi. Le mur qu'il avait abattu, ce mur contre lequel il l'avait tuée, n'était plus qu'une bâche en plastique baignée de lumière qu'on ne pouvait regarder sans cligner des yeux. Et ses Midori. C'était le seul endroit où il était en paix, où il pensait qu'il pouvait peut-être la rejoindre, quelque part au fond de la bouteille. Et la lettre. Il avait demandé à Bernice de m'écrire parce qu'il voulait que je me sache aimé. Même s'il était incapable de me le dire, il voulait que je sache que maman m'aimait, et papa aussi.

43

J'étais incapable de marcher jusqu'à la maison alors j'ai rampé. J'ai ouvert la porte et j'ai boitillé dans le couloir. Je suis arrivé couvert de boue dans le salon et j'ai vu mon père assis dans son fauteuil, silencieux, son arme de service sur les genoux. Je ne le trouvais plus du tout grand. J'avais toujours vu mon père immense mais tout à coup, assis dans son fauteuil, il avait l'air brisé et inoffensif, et je me suis demandé de quoi j'avais bien pu avoir peur.

— Je sais ce qui s'est passé, ai-je dit. Je sais que tu l'as tuée. (Il m'a regardé droit dans les yeux quand j'ai ajouté :) Et je sais que tu m'as sauvé la vie.

Il n'a pas bougé, il n'a pas cillé, mais des larmes ont coulé sur son visage.

— Elle t'aimait, a-t-il dit.

Il a répété ça au milieu de ses pleurs. Mon père ne m'avait jamais dit que ma mère m'aimait, et je me suis demandé si c'était parce qu'il refusait que pour moi, l'amour se résume à cela. Je l'avais toujours cru invincible. Je ne sais pas pourquoi je pensais qu'on pouvait être invincible. Il s'était enfermé en un lieu où il n'y avait de place que pour lui, or ce qu'il craignait par-dessus tout, c'était d'être seul.

— Elle était innocente. (C'est ce qu'il a dit.) Je voulais simplement la sauver. Je voulais réparer tout ce qu'elle avait vécu avant.

Je lui ai pris son arme et j'ai retiré les projectiles du barillet. Il m'a regardé, le visage encore boueux, les yeux rouges et gonflés.

— Tout ce que j'ai fait, je pensais que c'était bien.

Par la fenêtre, j'ai vu la voiture de police remonter lentement l'allée. On a attendu que Stokely et Quinlan sonnent à la porte. C'est mon père qui les avait appelés. Il ne voulait pas que le FBI se mêle de ça, il voulait que ses hommes récoltent tout le mérite de l'affaire. Ils nous ont permis de nous laver puis nous ont conduits au bureau du shérif. Mon père pleurait en leur racontant ce qui s'était passé. Il leur a tout dit pour Ian et pour ma mère. On avait l'impression qu'ils auraient voulu ne pas être là, ils se contentaient de regarder le bloc de papier sur lequel Quinlan écrivait. Ils ne parlaient pas, ils s'agitaient nerveusement sur leur chaise pendant que mon père et moi, on leur racontait tout.

Après

44

J'ai passé presque chaque heure de ma vie à avoir peur de mon père. Même quand j'essayais de me raisonner en me disant qu'il était le shérif de Carmen, que son travail était de protéger et d'aider les gens, ça ne servait à rien. C'est à cause de moi qu'il avait été abandonné, et il me détestait pour cela. Ce n'était peut-être pas logique mais rien de ce qui est vrai n'est logique. J'avais peur de mon père parce que j'ignorais ce dont il était capable. C'est pour ça que j'avais mis Ian Curtis dans le coffre. Je ne m'attendais pas à ce que mon père le trouve. Et je ne m'attendais pas à ce qu'il le cache. Quand il a vu le cadavre de Ian dans le coffre, ses craintes ont été confirmées. « Tel père, tel fils », disait-il. Sa plus grande peur, c'était que je devienne comme lui. Quand il a caché le corps de Ian, j'ai commencé à me poser des questions sur mon père, j'ai commencé à me poser des questions sur tout et pour finir, ça m'a permis de comprendre ses motivations.

Je purge une peine de deux ans pour homicide commis au volant, et mon père, une peine de deux ans pour complicité dans la dissimulation du corps de Ian Curtis. On est tous les deux dans une prison à sécurité minimale près de Boulder City, dans le Nevada. Il n'y a pas eu de procès. Je me souviens des Curtis qui ne me quittaient pas des yeux pendant la lecture de l'acte d'accusation. Ils n'étaient pas assis ensemble. M. Curtis se trouvait au fond de la salle tandis que Mme Curtis était devant avec Burden et Mary. J'avais appris qu'ils s'étaient séparés, que M. Curtis vivait maintenant dans une résidence à Vegas. J'avais peur qu'ils se mettent à me crier dessus ou à pleurer comme des malades, mais ils se sont contentés d'écouter. Si on l'ignorait, on ne pouvait pas deviner que c'était la famille de Ian. Ils avaient l'air calme, même si on ne peut jamais tout savoir de quelqu'un rien qu'en le regardant.

Je n'ai pas pleuré en racontant mon histoire à la cour, je me suis contenté de leur donner des faits. Je n'ai pas dit toute la vérité, rien que la vérité. Je n'ai rien dit sur ma peur. C'était peut-être la vérité, mais personne n'a vraiment envie d'entendre *toute* la vérité. La vérité, ça n'a pas de fin. Je regardais Burden en racontant mon histoire. Il en savait plus que n'importe qui dans ce tribunal sur moi. Il était entré dans la maison de mon père.

Trois semaines après avoir renversé Ian au volant de ma voiture, je me suis mis à faire ce rêve. Je fonçais sur Ian, je voyais l'horreur dans ses yeux mais au moment où je tournais le volant, celui-ci se bloquait et je l'expédiais dans le décor. On m'a donné un médicament pour m'aider à dormir mais le rêve a continué. Il revient presque chaque nuit. Sans doute qu'une partie de moi refuse qu'il s'en aille, sans doute que cette partie en a besoin, comme s'il y avait en moi une allée sombre qui doit entretenir le souvenir. Je n'ai que des regrets. Mais peu importe à quel point mon cœur souhaite que les choses soient différentes, peu importe combien de fois j'ai essayé de tourner le volant dans mon rêve, il est mort. Aussi longtemps que je vivrai, Ian Curtis sera mort.

Parfois, la culpabilité est à ce point insupportable que je n'ai qu'une envie, c'est de le rejoindre. Mais à d'autres moments, de brefs moments, comme il y a quelques semaines, quand Reed est venu me voir, tout cela disparaît. Je vis désormais dans l'instant. Je ne pensais pas que Reed voudrait me revoir un jour. Peut-être que c'est pour ça que je suis en prison, parce que si les choses s'étaient passées autrement, si j'avais été à la place de Reed, je ne serais jamais allé le voir, je le sais. Il a été recruté par l'université de Las Vegas. Lime l'a recruté. Il commence à jouer à l'automne. Il est venu me voir et il m'a raconté ses projets. C'est drôle, quand on connaît quelqu'un depuis si longtemps, de le voir soudain sous un jour totalement différent alors qu'il n'a rien fait pour changer.

Des fois, je me dis qu'à ma sortie, j'irai voir Reed jouer pour son université. Je m'imagine le suivre des yeux depuis la ligne de touche, l'encourager alors qu'il atteint le centre, sauter sur place quand il pénètre dans la zone de but et que le ballon lui atterrit dans les bras. Lever le poing quand il se tourne vers moi, lui faire savoir que je le soutiens, lui faire savoir que je l'aime.

L'autre matin dans la cour, je regardais mon père jouer au basket. Il était loin, mais il m'a vu lui aussi et il s'est avancé vers le grillage. Je ne sais pas combien de temps on s'est dévisagés, peut-être quelques secondes seulement, mais j'ai constaté que son regard distant avait disparu. Ce regard sur lequel j'avais passé ma vie à m'interroger n'était plus là, et je contemplais une autre part de mon père. J'ai levé la main, et lui aussi. La part de mon père qui m'avait si longtemps terrifié avait disparu, elle s'était envolée avec notre secret. On aurait dit un petit garçon, derrière ce grillage, avec ses longs bras contre ses flancs. J'ai toujours la photo de nous trois. Avant, je cachais mon père avec mon pouce. Je détestais voir à quel point il était heureux. Je ne croyais pas à son bonheur. Maintenant, je sais que c'était vraiment lui.

L'espoir est étrange. Il ne vous quitte jamais. Même si on a de faux espoirs, il suffit de croire en eux pour qu'ils vous fassent avancer malgré tout. J'ai passé ma vie à attendre que ma mère vienne me sauver. Je savais qu'un jour elle surgirait, que je finirais par apprendre la vérité et que tout irait bien. Au final, c'est ce qui s'est passé.

Je sors aujourd'hui. Le gardien vient de m'annoncer que le directeur sera là dans une minute. Une brise fraîche entre par la fenêtre. Il a fait très chaud toute la semaine mais aujourd'hui, le temps est doux. Toute la matinée, j'ai pensé aux hommes qui erraient dans le hall du MGM en attendant un concert de Neil Diamond. Je ne peux oublier leurs visages. Leurs visages changeaient lorsque Neil chantait pour eux. Il se produisait alors quelque chose que je ne comprenais pas. Le temps s'arrêtait et leur passé disparaissait. C'est ça. Leur passé disparaissait. Pendant ces brefs moments, leurs visages s'enflammaient d'espoir et ils étaient libres.

Il y a tant de choses auxquelles je veux dire adieu, tant de choses que je veux abandonner derrière moi. Mais je ne sais comment faire. Je ne sais comment faire, et ça m'effraie. Tout ce que je sais, c'est qu'en ce moment, je sens la brise dans mes cheveux, son souffle frais sur ma peau. Je sens mon coude glisser sur la table derrière mon stylo. Et je sens que je me mets à pleurer. Je pleure parce que je sais que désormais, je n'ai plus rien à craindre. Je pleure parce que je sais que désormais, je suis parmi les hommes libres.

REMERCIEMENTS

Merci à Ed Burke et Signey Warner-Watson pour avoir apporté le manuscrit à Molly Friedrich de l'Aaron Priest Agency. Molly, merci d'avoir été mon narrateur omniscient – je n'aurais pu espérer meilleur guide. La plus profonde gratitude à mon éditrice, Sarah Burnes, pour son intelligence, sa patience, et son regard des plus aiguisés. Merci à mes amis Wayne Reynolds, Shelby Hiatt et Brendan Schallert pour leurs commentaires enthousiastes et leurs encouragements lors du premier jet, et à Ray Escudero du FBI de Los Angeles pour les heures qu'il a consacrées à m'expliquer les procédures policières.

DANS LA COLLECTION MASQUE POCHE

John Buchan, *Les trente-neuf marches* (n°1)
Louis Forest, *On vole des enfants à Paris* (n°2)
Philip Kerr, *Chambres froides* (n°3)
Mrs Henry Wood, *Les mystères d'East Lynne* (n°4)
Boileau-Narcejac, *Le secret d'Eunerville – Arsène Lupin* (n°5)
Fred Vargas, *Les jeux de l'amour et de la mort* (n°6)
Taiping Shangdi, *Le cheval parti en fumée* (n°7)
Ruth Rendell, *Un démon sous mes yeux* (n°8)
Alan Watt, *Carmen (Nevada)* (n°9)
Frédéric Lenormand, *Meurtre dans le boudoir* (n°10)
Boileau-Narcejac, *La poudrière – Arsène Lupin* (n°11)
John Connor, *Infiltrée* (n°12)

LE MASQUE
s'engage pour l'environnement
en réduisant l'empreinte carbone
de ses livres.
Celle de cet exemplaire est de :
300 g éq. CO_2
Rendez-vous sur
www.lemasque-durable.fr

PAPIER À BASE DE
FIBRES CERTIFIÉES

Composition réalisée par JOUVE – 45770 Saran

IMPRIMÉ EN FRANCE PAR CPI BRODARD ET TAUPIN
La Flèche (Sarthe), en janvier 2013
N° d'imprimeur : 71415
Dépôt légal : février 2013 – Édition : 01